바다의 딸

바다의 딸

좌여순 수필집

수필과비평사

내 안의 우주를 찾아

달팽이가 기어갑니다. 느리게 아주 느리게 디딤돌 위를 기어갑니다. 잔디밭에 놓인 디딤돌을 가로질러 반대편 잔디 쪽으로 무던한 걸음 옮깁니다. 누가 지나가다 밟기라도 하면 어쩌나 걱정되는데 그는 서두르지 않습니다.

디딤돌을 건너는 동안 행복한 꿈에 젖어 있는 것도 같습니다. 저 건너 더 넓은 세상으로 나아가리라 생각하는지도 모릅니다. 여리고 민감한 촉수를 뻗어 허공을 더듬습니다. 냄새를 맡고 공기를 만지며 실바람을 느낍니다. 그의 촉수는 끊임없이 꼼지락대며 온 세상을 다 느끼는 듯합니다.

글쓰기를 배우며 습작한다고 끄적거린 지 꽤 오래, 시간이 쌓인다고 실력이 느는 건 아닌데 그럭저럭하다 보니 세월만 보냈습니다. 누군가에게 감동이나 치유가 되는 문장 하나 써내지 못하면서 글 쓴다고 고심하게 됩니다. 글 한 편 쓰는 것이 어려워 조바심을 내다가 마감일이 닥쳐서야 쫓기듯 마무리하고 한숨 돌리기 일쑤입니다.

그러는 동안 많은 생각을 합니다. 걸어온 길을 더듬어 보기도 하고, 어떤 삶이 가치 있는 삶인가에 대해서 고민도 해봅니다. 해답은 아직도 명쾌하지 않습니다. 다만, 그런 고민들은 가볍거나 모나지 않는 삶을 살도록 노력하게 합니다. 제게 글을 쓴다는 것은 나를 돌아보며 깊이 있는 삶을 살기 위한 노력일 듯합니다.

저의 글에는 구차한 삶과 짧은 생각들이 담겨 있습니다. 버젓이 내보일 만한 글이 못 된다는 걸 알기에 엮어내는 게 부끄럽기만 합니다. 이것도 거쳐야 할 하나의 과정이 아닐까 하는 생각으로 용기 내어 그간의 글들을 모아보았습니다.

미지의 세상을 향해 묵묵히 기어가는 작은 달팽이처럼, 내 안의 우주를 찾아 촉수를 뻗겠습니다. 꾸준히 나아가겠습니다. 이웃들께도 응원 부탁드립니다.

공부하며 글을 쓸 수 있도록 언제나 배려해주는 남편에게 고마운 마음 전합니다. 격려와 채찍으로 가르침을 주시는 교수님께 깊이 감사드립니다. 따뜻한 마음으로 응원하고 도움 주시는 다정한 문우님들께도 감사드립니다.

2017년 늦가을에

좌여순

| 차례 |

2부

자연에서 배우다

3부

꽃보다 사람

4부

카르페 디엠

1부
· · · · · · · · · · · · · · ·
수선화
향기

연리지의 웨딩마치

가끔 비자림에 갈 때가 있다. 차를 끌고 가면 10분 안에 당도하는 거리지만 어쩌다 한 번씩 마음먹어야 찾는 곳이다. 천천히 비자나무 숲길을 걸으면 이천팔백여 그루나 되는 비자나무의 기운과 상산나무와 이름 모를 잡풀들의 내음이 어우러져 폐부 속 깊은 곳까지 정화해 주는 느낌이다.

우거진 나뭇잎들 사이로 하늘은 보일 듯 말 듯 아른거리고, 이

나무 저 나무에서 들리는 새들의 합창은 경쾌한 알레그로쯤 되는 것 같다. 빨간 송이* 길도 발자국 따라 나직한 소리로 아작아작 음향을 넣는다. 손 꼭 잡고 걷다가 카메라에 추억을 담는 젊은 연인들의 속삭임은 무엇보다 싱그럽고 다정하다.

걷다 보면 어느새 숲길 가운데쯤 이르는데 여기서 양 갈래로 나누어진다. 한쪽 길엔 팔백 년이 넘는다는 아름드리 비자나무가 웅장하게 서 있다. 21세기를 맞으며 그 나무 이름을 새천년 비자 나무라 붙였다. 다른 한쪽에는 두 그루의 비자나무가 서로 인연 을 맺어 연리지로 서 있다. 그들의 이름은 딱히 없고 그냥 연리지 라 한다. 비자림의 수장은 당연히 새천년 비자나무지만, 나는 그 보다 연리지가 있는 쪽에 마음이 쏠린다.

연리지가 된 두 그루의 비자나무는 꼭 주례 앞의 신랑 신부를 연상케 한다. 밑동부터 가지인지 아니면 줄기가 갈라진 건지 모 를 각각의 일부가 기묘하게 1미터쯤 올라가다가 엉키었다. 서로 팔짱을 낀 것 같은데 그 교차한 부분은 어느 것이 어느 쪽의 팔인 지 모르게 하나로 흡수되어 굵어지고 늙어가고 있다. 위로 올라 가면서는 가운데 쪽은 서로 공간을 양보하여 왼쪽 나무는 왼쪽으

---

* 송이: 제주도에 있는 화산성토.

로 가지를 키우고 오른쪽 나무는 오른쪽으로 가지를 뻗으며 의논 족족 잘 살아가는 형상이다. 마치 두 사람이 부부로 살아가는 법에 도통하여 달관의 경지에 이른 모습이다.

나무는 서로 얽혀 나의 일부가 그의 일부가 되고 그의 일부가 나의 일부가 된다. 그동안의 진통이 얼마나 컸을까. 서로를 자연스럽게 흡수하기 위해 얼마나 노력했을 것이며 동화되기 위해 얼마나 내려놓았을까. 풍파가 지나가고 이끼가 덮이고 콩짜개덩굴이니 담쟁이덩굴이니, 바람결에 날아와 뿌리내린 이름 모를 나무까지 받아들이고 겪어내는 동안 얼마나 힘들었을까. 흔들리는 마음 곧추세우고 다른 한쪽을 염려하여 상대 쪽으로는 가지를 뻗지 않는 마음, 고요하게 배려하는 마음이 서로를 지키며 살 수 있게 했을 것이다.

사람과 사람이 만나 사랑하게 되었을 때는 분명 서로를 향한 마음으로 충만하리라. 하지만 한평생 살아가는 동안 그 마음을 유지하기란 너나없이 쉽지 않은 일이다. 각기 다른 환경의 두 사람이 만나 하나의 가정을 이루고 살아가는 일이다. 검은 머리가 파 뿌리가 되도록 견고하게 행복한 부부 사이로 살아가는 일은 나무가 서로 참고 동화되는 것처럼 힘든 일이다. 성격이 다른 것은 둘째로 하더라도 삶에 대한 가치관이 다르고 그 다름을 이해하지 못할 경우는 더욱 그러하지 않을까.

부부가 되어 오래 살다 보면 사랑하는 사람이 아니라 가구 같은 존재가 되어간다는 우스갯소리를 들은 적이 있다. 서글프게만 생각할 말은 아니다. 고가구는 오래될수록 좋다. 주례 앞에 섰을 때처럼 가슴 떨리진 않더라도, 고가구를 다루듯 서로를 소중히 여기고 아끼는 마음이면 좋겠다. 그러면 성격이나 가치관의 차이 혹은 세상살이의 어려움들을 다 함께 이겨낼 수 있을 것이다. 정열적인 사랑보다는 잔잔하게 배려하며 서로 아끼고 때로는 인내하는 삶이 더욱 필요할 테니까. 뜨겁거나 차갑지 않은 사랑이란 미지근한 사랑이 아니라 따뜻한 사랑이 아닌가.

이끼 덮인 두 나무는 지금이라도 당장 웨딩마치를 울리면 주례 앞으로 걸어나갈 것만 같다. 한 치의 망설임도 없이…. 늙은 비자나무 연리지에 엄숙하게 존경의 웨딩마치를 바친다.

찔레꽃

매혹적인 그대가 내게로 온다. 거실 한쪽에 놓인 화병에서 은근한 향기가 풍겨 나온다. 때때로 자신의 존재를 알리려는 듯 놓치지 않고 미풍에 기별을 보내온다. '나 여기에 있다오.' 그때마다 폐부 깊은 곳으로 향기를 들이마시며 가슴 설레곤 한다.

언제부터였을까. 때가 되면 지천에 뭉게뭉게 피어나 소박한 아름다움을 발산하는 찔레꽃을 좋아하게 되었다. 아니, 사랑하게 되었다. 찔레의 가냘픈 꽃잎이 날아갈 듯 무리 지어 담담하게 흔들거리는 모습은 애잔한 가슴을 더욱 울컥하게 만든다. 꽃잎은 흰 나비의 날개를 닮았다. 들여다보면 꽃잎이 달린 중심엔 노란 꽃술이 목을 빼고 쫑쫑거리는 병아리 떼를 연상시킨다.

찔레꽃 무더기 앞에 흠뻑 빠져 감상하고 있자면 유년 시절 찔레의 연한 순을 따먹으며 놀았던 장면이 아련하게 떠오른다. 동생과 나, 나보다 두 살 많지만 늘 누런 콧물을 달고 다녔던 동네 언니까지. 셋은 마당에 자라던 장미의 순까지 따 먹었다. 장미의 어린 순은 찔레의 그것과 매우 닮았다. 찔레인지 장미인지 구별할 줄 몰랐던 아주 어렸을 적 추억이다.

드물게 우리는 찔레의 빨간 열매도 따 먹었다. 과즙도 없고 달콤하지도 않은 그 열매를 따먹었던 것은 아마 너무나 심심했을 때였지 싶다. 하고픈 놀이도 마땅치 않고 먹을거리도 없었을 때, 그 무료한 시간을 보내기 위해 간혹 그랬을 것으로 기억한다.

그리곤 엊그제같이 선명한 작년 5월의 서글픈 찔레꽃도 떠오른다. 시어머님 상여를 싣고 마지막 길을 가던 차창 밖에 소복 차림으로 서 있었다. 찔레꽃은 마지막 떠나는 사람을 배웅하기 위해 띄엄띄엄 피어 양갓집 규수처럼 단아해 보였다. 아직 이른 시기라 풍성하지도 수다스럽지도 않은 모습으로 정갈하게 피어 있었다.

매년 5월이면 곱게 피어나 마음을 사로잡는 찔레꽃은 질 때도 소박하다. 장맛비가 내리더라도 측은한 빛 없고 살랑살랑 불어 주는 바람에 몸을 맡겨 눈처럼 떨어진다. 어머님 떠나신 일로 경황이 없어서였는지 작년에는 찔레꽃 가지를 거실에 들였던 기억이 없다. 자연은 있는 그대로의 자리에서 가장 아름답게 빛난다고 하였다. 자연의 이치를 거스르고, 나는 올해도 찔레꽃 소담한 모습과 매혹적인 향기에 못 이겨 서너 가지 꺾어다가 거실에 꽂아 놓았다.

'찔레꽃' 하면 장사익의 명곡이 떠오른다. 노래처럼 "별처럼 슬픈 찔레꽃, 달처럼 서러운 찔레꽃"을 생각하면 눈물이 뚝뚝 떨어질 것 같다. 장사익의 처절한 목소리가 분위기를 고조시키면 목놓아 울어도 좋을 것 같다. 하나 꼭 그렇게 슬프고 가냘프기만 한 꽃은 아니다. 화병에 꽂혀서도 마지막까지 다물었던 봉오리를 피워내며 힘차게 향기를 뿜는 모습은 더욱 끌린다. 연약한 듯하지만 강인한 매력이 있다. 그를 사랑하는 또 다른 이유다.

찔레꽃 넝쿨로 울타리를 만들면 어떨까 생각해 본다. 소박한 찔레꽃이 울타리로 어우러져 담담하게 흔들린다. 저리도록 매혹적인 향기가 지나는 이의 마음을 건드려 멈추게 하는 하얀 풍경을 그려본다. 내년에도 나는 애달픈 찔레꽃을 만나기 위해 가까운 들녘으로 나서게 될 것이다.

가을 산책

어딘가로 떠나고 싶다. 뒤엉킨 생각들이 가슴을 억누르는 날엔 더욱 그렇다. 무작정 핸들을 잡고 가을이 부르는 소리를 따라 길을 나섰다. 가을이 무르익은 끝자락, 햇살에 투영된 억새의 소담한 꽃송이는 눈이 부시다. 대까지 허옇게 센 억새는 싸늘해진 바람 한 줄기에 백발의 신선이 된다. 긴 도포 자락 나부끼며 온 섬을 휘감고 있다.

중산간 도로를 구부렸다가 펴기를 수차례 반복하며 거슬러 올라간다. 한라산 중턱 오솔길, 겹겹이 누웠던 낙엽들이 우르르 일어나 앞서간 차량의 바퀴를 따라 달린다. 산을 붉게 태우며 울창하였을 숲의 창공은 욕심을 버린 나그네 같다. 앙상해진 가지들은 쓸쓸하고 빛바랜 낙엽은 켜켜이 쌓여 있다. 마치 몸에서 떨어져 나간 세포들인 듯 발걸음마다 차박차박 신음을 토한다.

코끝에 머물다 사라지는 가을 산의 향기를 긴 호흡으로 붙잡아 내 몸 안에 품어 본다. 성근 가지 사이로 고독한 빛을 머금은 하늘이 살포시 내려와 안아주니 가슴이 짜릿하다. 까마귀 소리마저 가을 산의 정취를 더욱 깊고 그윽하게 한다. 차분한 명상의 마음이 된다.

고운 선홍빛으로 가지 끝에 남아 있는 몇 잎의 단풍은 소녀 때의 기억으로 돌아가게 한다. 학창시절엔 고운 단풍잎을 골라 책갈피에 두었다가 예쁘게 코팅했다. 보물이라도 되는 양 소중히 간직했다가 좋아하는 친구에게 선물했다. 꽃잎도 책장 사이사이에 수없이 꽂았다가 책장마다 꽃물에 얼룩져버렸다. 덕분에 책은 엉망이 되어 버렸던 기억이 떠올라 배시시 웃음이 인다.

그땐 문학적 소질이 뛰어나지 못하면서도 언제나 특별활동 시간엔 문예반의 한쪽에 자리를 차지하고 앉았다. 세월이 흐른 지금에 문학을 배우며 글을 쓰고 싶어지는 것은 아무래도 이미 문학과 나 사이에 끈끈한 인연이 맺어졌기 때문인지도 모를 일이다. 내가 문학을 사랑했든지 문학이 나를 연민했든지….

나무에 새순이 돋아 가지로 자라나고, 거기에 달린 잎들이 숲을 울창하게 하고, 화려하게 하고, 임무를 마친 낙엽이 곰삭는 늦가을의 운치는 나를 더욱 깊이 있고 성숙하게 한다. 문학을 연모하는 내게 가을이 깊어 색이 바랠 때쯤엔 늦가을의 멋처럼 품위 있게 다가온 문학적 언어로 성숙될 수 있을까.

몇 시간 전까지 축적되었던 잡념들이 자연에 희석된 듯 마음은 한층 가볍다. 이것이 자연이 주는 최고의 선물이며 무언으로 남기는 교훈이리라. 겸허한 자연처럼 욕심 없이 아름답게 마음을 털어버리자.

구부러진 비포장 길을 덜커덕거리며 산의 품을 떠나온 내 차는 아스팔트를 만난다. 모든 것을 털어버린 듯 타임머신이 되어 질주한다.

해변엔 향기 풋풋한 꽃송이를 보듬고 있는 보랏빛 쑥부쟁이와 노란 들국화가 어여쁜 색감을 내고 있다. 조금 전 산속에서 보았던 깊이 있는 색채와는 다르다.

가을의 흔적이 사라지기 전에 들국화 고운 꽃송이라도 정성스레 따 두어야겠다. 눈부신 억새, 은은한 가을의 향기, 아름다운 색채의 기억을 가득 담은 국화차가 되리라.

국화차를 마실 때면 가을 산이 주는 침묵의 교훈을 되새길 수 있을까.

수선화 향기

봄같이 따뜻한 날씨가 이어진다. 12월의 햇볕이 좋아 길을 나섰는데 한담동까지 와버렸다. 한담동은 제주에서도 서쪽 애월리에 속한 아주 조그만 바닷가 동네다. 결혼 전까지는 제주 시내로 가려면 항상 지나다녔던 곳이다. 오랜만에 찾은 한담동은 확연히 달라진 모습이다.

학창 시절 일이다. 버스가 그곳을 지날 때 "여기가 노주현 별장이 있는 곳이래."라고 누군가 말했다. 섬에서도 시골 출신인 나는 그곳에 연예인의 집이 있다는 것이 신기했다. 그 후로 한담동을 지날 때마다 노주현의 별장을 생각했다. 무슨 의미가 있는 것은 아니었다. 한담동은 도로보다 낮은 곳에 자리하고 있어서 버스를 타면 한눈에 내려다보였다. 달리는 버스 안에서 가장 근사한 건물을 찾아 노주현 별장으로 점찍어 놓기도 했다.

몇 년 전 이곳을 찾았을 때만 해도 아늑하고 호젓한 곳이었다. 모래사장은 아주 작아서 동화 속에나 나올 듯한 난쟁이들의 물놀이터를 상상케 했다. 그 옆 창고 앞에서 아주머니가 브로콜리를 상자에 담아 저울질하고 있었다. 창고 안보다는 햇볕 좋은 길가에서 작업하기가 좋았던 모양이다. 운 좋게 갓 따낸 브로콜리를 한 상자 사다가 지인과 나눠 먹을 수 있었다. 불과 사오 년 전의 일이다.

이제 길가에서 뭔가를 한다는 건 엄두도 못 낼 일이 된 것 같다. 브로콜리를 다듬던 창고 앞은 건물을 짓는다고 어수선하다. 꽤 규모가 큰 공사다. 좁은 길목은 차량과 사람들로 가득하여 자칫 사고로 이어질 것 같다. 신경이 곤두선다. 농촌 풍경은 옛이야기처럼 멀어지고 빈집은 카페나 식당으로 화려하게 변신하였다.

새로 지은 건물도 공사 중인 건물도 모두 카페나 식당, 혹은 숙박 업소라는 간판을 준비해 놓고 있다.

어느 가게 앞에 유독 사람들이 북적거린다. 여행객들은 한결같이 스마트 폰이나 카메라를 치켜들고 사진 찍느라 바쁘다. 인기 드라마를 촬영했던 장소로 유명해진 카페다. 인산인해를 이룬 사람들 뒤로 비석 하나가 눈길을 잡아끈다. 타지로 떠난 마을 사람들이 고향을 그리워하며 세운 기념비다. 19년 전에 세워진 것이다. 이때만 해도 다른 마을은 변화가 미미했다. 한담동은 변화의 바람이 일찍 불었던 모양이다.

북적거리는 여행객들을 헤집고 나도 커피를 마시며 사람 구경을 한다. 바닷가로 난 산책길을 걸으며 여유로움도 느껴본다. 어디선가 향긋한 바람이 코끝을 스친다. 후각을 의심하며 걷는데 다시 또 감성을 자극하는 꽃향기…. 둘러보니 수선화 자생지다. 덤불 가득 비탈진 터에 제주 수선화가 무더기로 자생하고 있다. 따뜻한 날씨가 이어지더니 조금 일찍 피어난 모양이다.

추사 김정희가 유배 시절, '산과 들, 밭두둑 사이에 마치 흰 구름이 질펀하게 깔린 듯' 피어 감동하게 했던 제주도 수선화다. 그 시대에 제주에는 '한 치, 한 자의 땅에도 수선화 없는 곳이 없다.'고 할 정도로 흔하게 널려 있었다고 한다. 그 정도는 못 되지만, 제주의 야생 수선화가 무리 지어 인사한다. 뿌리 내릴 곳이 좁아지는 걸 염려하며 옛 시절을 회상하고 있는 걸까. 추사의 시를 읊조리며 순박한 빛으로 향기를 날리고 있는지도 모른다.

내가 사는 마을에도 변화의 바람은 비껴가지 않는 모양이다. 평소 다니지 않던 길을 지나다가 낯선 건물을 발견하는 경우가 종종 있다. 건물을 짓는 속도도 빨라서 순식간에 결과물이 우뚝 서 있다. 골목 안에도 식당, 숙박업, 찻집이 우후죽순처럼 생겨난다. 지나던 방문객이 상호를 대며 길을 물을 땐 오히려 그런 곳이 있던가 되물을 지경이다. 머잖아 고향 모습을 그리워하는 사람들의 마음을 담은 표지석이 애틋하게 자리할지도 모르겠다.

땅값은 치솟고 마을의 집과 밭뙈기는 하나둘 팔려 투자가들의 수중에 들어간다. 상업을 목적으로 들어온 사람들에게 농어촌 사람들이 살아가는 방식은 답답할 것이다. 바쁜 시간 쪼개가며 동참할 가치를 못 느끼는 구시대 생활방식이라 할지도 모른다. 그래서인지 잘 어우러지지 않는다. 이제껏 풍습과 향약을 중시하며 살아온 마을 사람들에게도 고민거리다. 도시화 되는 실정에 맞춰 마을이 변해야 할지도 모르겠다.

알록달록 페인트칠한 여러 종류의 상업적 건물들과 캐리어 끄
는 사람들 그리고 감당하기 어려울 만큼 넘쳐나는 부산물들….
오랫동안 살아온 시골 마을이 오히려 낯설게 느껴진다. 마치 야
생화가 화려한 외래종으로 개량되는 듯한 느낌이다. 불현듯 대중
가요 노래 가사가 스친다. '바람아 멈추어다오.'

문주란

사진 동호회에서 출사지를 토끼섬으로 정하였다. 엎드리면 코 닿을 거리지만 배를 타지 않으면 갈 수 없는 곳이다. 높은 가지에 매달린 열매처럼 바라만 보던 섬이다. 문주란 꽃이 피는 시기에 그 섬과 만날 행운의 기회가 온 것이다.

토끼섬은 구좌읍 하도리 굴동 포구에서 500m쯤 떨어진 무인도로 난도라고도 불리는 아주 작은 섬이다. 현무암으로 둘러싸인

960여 평 면적의 백사장에 문주란이 군락을 이루고 있어 천연기념물 19호로 지정되어 있다.

도착해 보니 예상대로 꽃이 만개하여 하얗게 섬을 메우고 있다. 척박한 바람코지에서 고귀한 자태로 은은한 향기를 뿜어내는 문주란이다. 푸석푸석한 모래땅 위에 솟은 굵은 꽃대, 어디에서 나오는 힘일까? 그 신기한 모습에 반한 내 카메라는 한 컷 한 컷 그 모습을 담기에 바빴다.

토끼섬은 위도상 북한계선이며 우리나라에서는 유일한 문주란 자생지로 알려지고 있다. 두꺼운 표피로 감싸진 씨앗은 잘 썩지 않으며 물에 뜨는 성질을 가지고 있어 해류를 이용해 번식한 것이라 한다.

문주란은 난대성 해안 식물이다. 이주민처럼 낯선 얼굴로 왔을 문주란은 어디에서 왔을까. 단일 민족임을 자랑하던 우리나라도 해마다 다문화 가정이 늘어나고 있다. 국내 거주 외국인은 백만이 넘고 국제결혼 가정도 갈수록 늘고 있다. 다국적 문화가 공존하는 사회가 되고 있는 것이다.

이주민들은 이 시간에도 이 사회의 이방인으로 뿌리를 내리기 위하여 일상 속에서 어려움을 겪고 있다. 낯선 곳에 뿌리를 내리고 산다는 것에는 분명 고난이 따른다. 하나 환경적 요소보다는 터주의 공생적 수용 폭에 따라 뿌리내리는 고통은 반비례할 것이다.

어디에서 출발했는지 국적도 명확히 알 수 없는 씨앗 하나, 벽랑에서 온 세 공주처럼 어떤 인연이 있어 두웅~둥 파도에 실려 바다 건너 닿은 곳이다.

개구쟁이 물놀이 소리가 맑아 갈 길 멈췄을지도 모르겠다. 환상의 꿈을 모래에 묻어 살고 있다. 고통의 연속이었을 지난 세월, 거친 바다에서 처절하게 몸부림치며 토해내는 해녀들의 숨비소리, 그 강한 소리가 삶의 의지를 키워주지 않았을까.

환상의 꿈을 품고 시집와서 아무것도 모를 때 답답했던 그 마음이었으리. 타문화의 다양성을 인정하고 살아가야 할 국제화 시대다. 이주민 가정도 경험과 체험을 공유하며 우리 사회의 중요한 구성원으로 뿌리내리길 바란다. 그들의 꿈을 이룰 수 있도록 배려가 필요하리라. 그들의 역량과 소질을 개발하여 손잡고 더불어 살아가야 한다.

문주란은 해녀들의 숨비소리를 들으며 순백의 꽃을 잉태하였다. 꿈틀거리는 해녀들의 애환까지 승화시키며 무성해진 잎과 뿌리에서 고귀하고 아름다운 꽃을 피워내고 있다. 파도를 타고 전해지는 꿈과 희망의 소리를 풍성한 꽃송이로 한없이 부풀리고 있는 것이다.

끈질긴 생명력과 포용의 조화, 바람소리, 파도소리, 숨비소리, 그들과 더불어 토끼섬에는 하얗게 하얗게 이국의 향기가 피어오르고 있다.

아름다운 낙화

마당으로 내려섰다. 비가 갠 틈을 타서 시든 백합을 걷어 내었다. 내친김에 잡초도 뽑고 접시꽃 줄기 아랫부분에서 말라가는 잎들도 뜯어내었다. 싱싱하던 잎들이 흐르는 시간을 머금고 점점 노화되어 간다.

백합은 마당 가득 매혹적인 향기를 퍼뜨리며 피어났다. 첫 송이부터 열흘 사이에 다투듯이 피어난 많은 꽃송이가 나를 황홀하게 하였다. 잎은 두껍고 윤기가 흘렀다. 굵직한 꽃대마다 열댓 혹은 스물도 넘는 탐스런 꽃을 우아하게 매달고 있었다. 뿌리로 흡수한 양분을 힘차게 줄기로 올리고, 잎으로는 왕성하게 광합성 작용을 하는 모습이 눈에 보이는 듯했다. 봉오리인 것과 피어나는 것 그리고 활짝 피어 뽐내는 것으로 그 풍성함과 깨끗한 무채색의 도도함은 그야말로 품격 있는 화려함의 극치다.

내 집에 방문했던 손님들은 하나같이 감탄하며 그 향기를 맡고 스마트폰을 들이대어 사진으로 담았다. 그렇게 감상하며 행복에 젖기를 열흘이던가 보름이던가. 아, 안타깝게도 싱그럽던 꽃잎에 어두운 그림자가 나타나 생기를 잃기 시작한다. 장맛비까지 내리니 쫓기듯 갈변하고 찢어져 그야말로 만신창이가 되었다. 너덜너덜해진 꽃잎처럼 백합의 도도한 자존심도 누더기가 된 것 같아 마음이 아프다.

갓 피기 시작한 봉오리마저 이미 시들어버린 꽃에 의해 빛을 잃고 만다. 한때 매혹적이었으나 더는 꽃이라 할 수 없다. 감격에서 허망함으로 바뀌는 데 오래 걸리지 않았다. 경이롭게 여겨졌던 기쁨은 실망감으로 변하고 서글퍼지기까지 한다. 부끄러운 듯 축 늘어진 백합이 안쓰럽다. 사람이 지는 모습은 어떤가.

원로 배우의 타계 소식과 함께 전해졌던 그 가족들의 상속권

다툼은 그녀를 향한 세간의 존경심을 실추시키고 말았다. 지니고 다녔다던 부동산 문서며 열쇠 꾸러미는 분명 두고 갔을 터이다. 양자도 양녀도 삼지 말고 차라리 전 재산을 사회에 기부하고 자신의 마지막까지 의탁해 버렸더라면 어땠을까. 분명 유산 상속권을 놓고 가족 간에 다툴 일이 없었을 뿐 아니라 부끄러운 일로 뉴스거리가 되지도 않았을 것이다. 그녀의 명예에 커다란 손상을 입은 것은 자명한 일이다. 그녀의 처신이 안타깝다.

며칠 전에 암으로 투병 중이던 분이 돌아가셨다는 소식을 들었다. 함께 소식을 접한 지인과 그분의 이야기를 하였다. 멀쩡한 정신에 통증을 견디며 죽음을 기다리는 게 얼마나 어려운 일이겠는가, 차라리 치매라도 걸려 생각이 없는 게 낫지 않을까 하고 지인이 말했다. 지인의 생각은 충분히 이해하고도 남는다. 죽음을 받아들이는 것은 참으로 어려운 일이다. 더욱이 고통까지 견뎌야 하는 상황이다. 가족이나 주변인들에게 끼치는 걱정을 의식하지 못할 만큼 온전치 않은 정신으로 산다는 건 더욱 끔찍스러운 일이다. 가급적 자존심을 지키기 위해 애쓰며 겸허한 마음으로 죽음을 준비할 수만 있다면 그야말로 고마운 일이다. 내가 세상을 떠난 뒤에라도 좋은 추억으로 나를 기억할 수 있을 테니 말이다.

깨끗이 생을 마감한다는 건 결코 쉬운 일이 아니다. 내 정신이 언제, 어떻게 돼버릴지 장담할 수 없는 일이며, 그때 내 행동이 어떻게 변할지 알 수 없는 일이다. 또 정신이 맑다 하여도 죽음이라는 것을 당연지사로 받아들일 수 있을지, 그 또한 쉬운 일이 아닐 것이다. 평상시 남에게 폐를 끼치지 않으며, 온화한 성격의 사람이 아닐지라도 그렇게 살기를 연습처럼 반복하다 보면 몸에 배게 되지 않을까. 노쇠하여 치매가 오더라도 자연스레 몸에 밴 습관대로 생활하게 될 것이고, 죽음이 다가오더라도 생에 대한 집착을 떨치고 떠날 준비를 할 수 있을 것이다.

한때 매혹적인 향기를 날리며 사람들의 시선을 끌던 백합에게도 때가 온 것이다. 집에 오는 손님들이 더 보기 전에 얼른 걷어내자는 생각으로 시든 것을 없애고 나니 남아 있는 꽃들이 한결 싱그럽게 빛난다. 피어났으면 시들고 떨어지는 것, 누구도 거스를 수 없는 자연의 이치가 아니던가.

시들고 지는 것에 대한 생각에 빠져 있다 보니 어느새 침울해진다. 누구나 알고 있듯이 피할 수 없는 일이다. 분분히 날리는 벚꽃처럼 아름답게 혹은 노을빛 고운 석양처럼 성스럽게 지는 것은 얼마나 아름다운 일인가.

시골 아침

아침에 눈을 뜨면 새들이 먼저 반긴다. 내가 깨어나 아름다운 저들 가락에 귀 기울이기를 기다리는 듯하다. 음악 소리가 귀를 즐겁게 하고 마음마저 들뜨게 하여 마당으로 이끈다.

약수 못지않은 상큼한 바람 한 줄기를 길게 들이마신다. 지천에서 들려오는 갖가지 새들의 청량한 협주곡을 듣자니 가슴이 떨려온다. 자연이 주는 순수한 감동의 하모니다. '쫑쫑쫑 쪼르르, 찌끌찌끌 지르르르, 짹짹 째재잭, 지지배배…' 이름도 알 수 없는 새들의 맑은소리를 비집는 감기에 걸린 듯한 장끼의 장단이 들려온다. '꺼어억 꺼억.' 이 또한 싫지 않다. 이에 질세라 산비둘기도 멀리서 한 목소리를 더한다. 더없이 잘 어울리는 환상의 협주곡이다.

참새라도 내려와 마당을 쫑쫑거리며 뛰어다니길 바라는 동심이 생긴다. 좁쌀을 한 움큼 쥐고 나와 잔디 위에 흩뿌린다. 이슬을 머금은 잔디가 슬리퍼 신은 발끝을 적시며 간질인다. 며칠간 잔디 틈에 숨어 있는 잡초를 샅샅이 뒤져 뽑아냈는데, 이제 보니 여기저기 잡초가 지천이다.

가냘프듯 순수한 이슬을 한껏 머금은 잡초는 속여야 사는 저들의 근성을 잊어버렸나 보다. 맑디맑은 이슬이 저뿐만 아니라 잡초까지도 순수하게 만드는 마술을 부린 모양이다. 투명 망토와는 정반대의 기능을 한다. 이슬 망토를 쓰니 이름 모를 잡초들이 무더기로 드러나 보인다. 사냥하려는 고양이처럼 숨죽이고 엎드리거나 잔디인 척 위장하고 바싹 붙어 동정을 살피는 그들 모습이 훤히 보인다.

초록의 마당을 이리저리 거닐며 무질서하면서도 질서정연한
듯 조화로운 새들의 협주곡을 듣는다. 어우러지는 향긋한 공기와
맑은 이슬과 까슬까슬한 잔디의 감촉이 분위기를 더한다. 날씨에
따라 배경이 다양한 하늘과 그에 딱 어울리게 연출해 보이는 들
판의 자연스러운 조화 속에서 아침이 주는 아름다움을 만끽한다.

오늘도 어김없이 앞집 하얀 개가 담장 너머 얼굴을 빼 들고
있다. 귀를 쫑긋 세우고 바깥 풍경을 유심히 감상한다. "안녕?"
하고 나도 모르게 인사를 건네자 놀란 다람쥐처럼 고개를 쏙 넣
고 숨어버린다. 그 모습에 웃음이 절로 감돈다.

도심 속에서도 새들의 노래는 들릴 것이다. 그러나 지금 내가
즐기는 신선하고 조화로운 자연의 소리만 하지는 못하리. 얼마나
아름답고 행복한 아침인가. 자연이 주는 혜택을 매일 누릴 수 있
는 사람은 분명 축복받은 사람임이 틀림없다. 자연 속에서 자연
에 감사하며 살아야 함을 깨닫는 또 하루의 아침이 싱그러운 얼
굴로 다가오고 있다.

팽나무

 옆 동네에 갔다가 오래된 팽나무를 보았다.
예전에 그 나무는 살아온 세월을 덧입은 덩치의 굵기와 어울리게
사방으로 뻗은 가지가 풍성했다. 가지마다 아기 손 같은 잎들을
매달고선 한여름 넉넉한 그늘을 만들었다. 시원한 정자 노릇을
하면서 어르신들의 얘기를 듣고 아이들의 노는 모습을 내려다보
길 즐겼을 것이다.

재작년 여름에 보게 된 그 팽나무는 잎사귀 하나 매달지 못하고 덩그러니 서 있었다. 말라가는 모습은 생명력을 잃어버린 지 꽤 된 듯 보였다. 정확한 원인은 알 수가 없다. 밭에 치다 남은 근사미(뿌리 죽이는 농약)를 버려서 그런 것이 아닐까 하고 누군가 말했다.

　그 다음해인 작년 여름, 그곳을 지나칠 때 무심코 보았더니 영락없이 죽어버린 줄 알았던 그 늙은 팽나무에 생기가 돋아 있었다. 사방으로 뻗은 굵직한 가지 중에 단 하나의 가지에서 새 잎들이 파릇하게 돋아나고 있었다. 아직 살아 있음을 외치기라도 하는 듯하다. 기적 같은 일이었다. 완전히 죽은 줄 알았던 나무가 어떻게 새 생명을 틔워 냈는지…. 끈질긴 생명력에 놀라지 않을 수가 없었다.

　과연 팽나무에게 어떤 시련이 있었기에 눈을 꼬옥 감고 죽음의 문턱을 넘다 왔는지 모를 일이다. 이 신비롭고 경이로운 현상에서 생명의 숭고함을 재확인하였다.

　생명은 고귀한 것이다. 요즘 스스로 목숨을 끊어버리는 연예인들의 기사를 연달아 접한다. 이들은 인기에 대한 중압감과 불안으로 인한 우울증세를 갖고 있었다고 한다.

정이 메말라 가는 사회의 흐름과 인터넷의 잘못된 사용이 큰 문제인 것 같다. 급속히 변화하는 사회와 문명은 점점 생명을 경시하고 방조하는 사태를 만들어 가고 이런 극단적인 행동에 이르게 한다.

어떤 생명이든 저마다 소중하지 않은 것이 어디에 있을까? 생명은 누구에게나 소중하고 진지한 것이다. 나의 생명이라지만 결코 나 혼자만의 것이 아니다.

TV 채널을 이리저리 돌리다 감동했던 장면이 떠오른다. 한 조각의 마음조차도 말로 전달하기가 힘든 어느 뇌성 장애인의 말이다. "지금… 어렵다고… 포기하지… 말았으면… 해요." 안면 근육과 위아래 어긋난 턱을 힘들게 움직이며 겨우 해 낸 말이다. 누구에게나 크고 작은 고통과 어려움이 있겠지만 그 어떤 고통이나 어려움도 생명을 놓아버릴 만한 이유가 되지는 못한다. 이는 생명을 가볍게 여기는 풍조에서 비롯된 우발적 행동이라고밖에 해석되지 않는다.

태어날 때는 저마다 이유가 있어 태어난 것이라고 했다. 죽을 만큼 어려운 일이 닥친다 하더라도 자신의 생명을 사랑하고 지켜야 할 의무가 있지 않겠는가. 죽음의 문턱에서 되살아난 팽나무처럼 생명은 가치 있고 숭고하니까.

　오늘 다시 만난 팽나무는 '분명코' 살아 있노라는 표정이다. 한쪽 가지에 작년에 자란 잔가지들로 생기를 보인다. 새봄의 도약을 위해 조용히 꿈을 키우고 있다.

나서기만 하면

평소 친하게 지내는 Y 언니 부부의 초대로 우리 가족 셋은 오조리에서 점심을 먹었다. 식사 후에 언니의 제안으로 식산봉 근처 산책로를 걸었다. 예전에도 식산봉 아래를 잠깐 걸었던 적이 있었지만, 그때는 황근꽃을 알기 위해서였다. 황근꽃이 지고 씨앗을 메달고 있는 나무 한두 그루만 보고 그 생김새를 확인하고는 되돌아 나왔었다.

오늘 찬찬히 걸으며 보니 황근꽃 나무들이 군데군데 많이 자생하고 있다. 수령이 꽤 될 것 같은 장성한 나무도 있고, 밀물이면 바다가 들어와 거의 닿을 것 같은 갯바위틈에도 작은 황근꽃 나무들이 여러 곳에 자라고 있다. 질기게 버티어온 생명력을 보여주는 듯하다.

만으로 길게 뻗어 들어와 있는 좁은 바다 위에 방부목으로 만든 다리가 깔끔하게 놓여 있다. 굽이 높아 불편한 신발을 벗어들고 맨발로 가볍게 걷는 짧은 시간은 자연과 더욱 가까워지는 기쁨을 느끼게 한다. 호수처럼 잔잔하게 펼쳐진 아담한 바닷물 위에 조경석처럼 솟은 바위틈을 부여잡고 살아가는 풀과 나무들, 화산이 폭발할 때 화산재로 날아와 툭툭 떨어졌을 것 같은 구멍 숭숭나고 모양도 각기 다른 커다란 바위들이 조화롭게 놓여 있어 심심찮게 감동을 준다.

바다를 마당처럼 끼고 있는 마을의 집들과 가까워질 때쯤, 풍성하게 열매를 매달고 있는 까마중을 만났다. 까맣게 익어가는 모습을 그냥 지나칠 수 없어 한 움큼 따서 입안으로 털어 넣는다. 어렸을 적 밭에 갔다가 따먹던 추억을 회상하는 깜찍한 즐거움을 맛보게 한다.

길도 아니고 밭도 아닌 공터에 돌담도 없이 여러 가지 채소를 심어 놓은 곳을 지난다. 모듬 모듬 흙을 긁어모아 먹을거리를 심어 놓은 모습이 얼마나 앙증맞게 예쁜지 감탄사가 연발 튀어나왔다. 손바닥만 한 자리도 그냥 두기 아까운 듯 흙을 북돋아 고구마 한두 줄기씩 혹은 파 몇 뿌리, 토란 한두 뿌리, 호박 한 구덩이씩을 심어 놓았다. 도대체 이 소꿉놀이 같은 오목조목한 농사를 지은 농부는 어떤 사람일까 궁금했다. 할머니든지 아니면 농촌 생활을 꿈꾸며 들어와 사는 외지인일 것이다고 나름 예측한 의견을 내놓자 모두 동의한다. 몇 발자국 걸어 나오자 돌담으로 둘러진 조그만 텃밭에도 채소들이 도란도란 앉아 있다. 배춧잎에는 구멍이 숭숭 뚫려 있어 무농약 상태라는 걸 짐작하고도 남는다.

함께 걷던 언니도 나도 뭔가 특이한 기쁨을 찾아 남의 집 담장 안까지 기웃거리며 걷는다. 마을의 올레길을 지나쳐 들꽃들의 환영을 받아가며 행복하게 걸었다. 내가 사는 마을과 별로 떨어지지 않은 마을임에도 불구하고 올레와 마당, 혹은 텃밭의 풍경에서 살아가는 모습이 조금씩은 다르구나라고 생각하니 모든 것이 신기하고 걷는 시간 내내 즐거웠다. 올랫꾼들도 자연과 어우러진 시골 모습에서 편안함을 느낄 것이다. 평소 접하지 못했던 소박한 풍요로움에 마음을 치유할 수 있으리라.

　이미 우리 마을에 경치 좋은 해안길이 있어 행복하다며 감사히 여기고 있었다. 가까운 다른 마을에도 이렇게 예쁜 길이 있는 걸 새삼 발견하게 되어 기쁘다. 그러고 보니 이곳뿐만이 아니다. 주변을 둘러보면 곱고 아름다운 길이 많다. 지역마다 오름과 바다와 억새꽃 출렁이는 자연이 있다. 생각만 있으면 집을 나서 자연과 만나고 다른 마을 사람들의 제각각 다른 생활 모습도 신기한 듯 만날 수 있다. 나서기만 한다면….

　나서 보자는 생각의 결핍이 늘 누릴 수 있는 작고 예쁜 행복을 놓치게 한다. 나서기만 하면 지척에서 아름다운 풍경을 만날 수 있는 환경에 사는 것을 감사하게 여긴다. 오늘 Y 언니 부부 덕분에 꽃 같은 시간을 갖게 되어 행복했다.

로즈마리의 교훈

외출하다가 문득 걸음을 멈추었다. 돌담 위에 피어있는 로즈마리가 바쁜 발길을 붙들었다. 매일 보면서도 별 생각 없이 지나치던 로즈마리 꽃이 오늘은 예사롭지 않게 느껴진다. 작은 꽃들을 가지마다 풍성하게 피웠으면서도 유난스럽지 않은 연보라색 수수함에 생각이 많아진다.

몇 년 전이었던가, 집 울타리에는 세 그루의 로즈마리가 잔가지를 뻗으며 자라나고 있었다. 많은 가지 중에서도 단 하나의 가지에 서너 송이의 꽃을 달고 있는 로즈마리가 눈에 들어왔다. 다른 한 그루에도 꼭 그만큼 피어 있었다. 너무나 미약했기 때문에 대수롭지 않게 넘겼다. 정원에는 그보다도 훨씬 선명한 빛과 향기로 아름다움을 발하는 꽃들이 많았으므로 그 정도로 내 눈길을 사로잡을 수 없었음이다.

그로부터 몇 년이 흘렀다. 같은 날 심은 건데 웬일인지 유독 한 그루만 많은 꽃을 피우고 있다. 식물들은 환경이 나빠지면 종족 번식을 위한 본능으로 꽃을 피운다고 알고 있다. 다른 것에 비해 조금은 더 나쁜 환경을 갖고 있는 것 같기도 하고 비슷한 것 같기도 하다. 모두가 울타리 돌 틈에 심어 놓아서 좋은 환경은 아니다. 처음에 비슷하게 꽃송이를 매달고 있던 다른 한 그루의 나무는 가지 정리할 때 잘려 나갔는지 꽃이 보이지 않다가 이제야 피기 시작하고, 또 다른 한 그루는 아예 꽃을 피운 적이 없다. 계절이 여러 차례 순회하는 동안 그 한 그루는 조용히 꽃이 피고 지기를 반복하다가 또 한 번의 봄을 맞는다.

마당 구석구석 겨울잠을 자던 생명들이 길게 기지개를 켜며 꿈틀거리는 이른 봄이다. 저절로 떨어진 씨앗들이 움터오고, 다

년생 알뿌리에선 새 순이 뾰족이 올라 나오며, 온갖 미물들이 저의 영토 안에서 생기를 찾느라 분주하다. 로즈마리는 이들이 죽은 듯이 겨울을 보내고 있는 동안 잔바람 속에서도 드러나지 않게 가만가만히 꽃의 숫자를 늘리고 있었던 게 분명하다.

요즘 사회는 자신을 드러내기 위해 온갖 애를 쓰는 사람들로 가득하다. 자기 PR 시대라는 말을 들었던 것은 이미 아주 오래전 일이다. 서로가 앞 다투어 자신의 능력을 과시하며 노출하고 홍보한다. 너나없이 스마트폰을 이용하다 보니 쓸데없는 것까지 소셜 네트워크나 메신저 서비스를 통해 대놓고 알려온다. 오른손이 하는 일을 왼손이 모르게 하라는 말이 무색하다.

겸손이 미덕이란 말은 점점 옛말이 되어가는 것일까. 별별 것을 다 과시하고 자랑하며 남들이 알아주길 원한다. 겸손했다간 괜히 손해만 입을 것 같은 생각이 들기도 하는 게 요즘 실상이다. 자랑하지 않는 선행, 혹은 함부로 드러내지 않고 쌓아온 자질. 그런 과묵한 인품을 지닌 사람이 흔치 않다.

겨울바람도 아랑곳하지 않고 수도하듯 내공을 쌓아 왔던 로즈마리, 자잘한 이파리 사이에 연한 보랏빛 조그만 꽃들이 한편으로 존엄해 보인다. 가지마다 빼곡한 꽃들을 보면서도 별 느낌 없이 지나쳤는데, 화창해진 봄 날씨가 내 마음을 여유롭게 한 덕분이다. 오늘은 급기야 스마트 폰을 꺼내 사진으로 담는다. 오랜 시간 로즈마리 앞에 서 있자니 그에게서 겸손의 미덕을 배우게 된다. 진정으로 우러난 겸손은 나를 낮추는 데서 끝나는 것이 아니라 결국 스스로를 빛나게 한다.

제비집

새집으로 이사 오기 전 우리는 어머니 집에 함께 살았다. 그 집에는 해마다 제비가 날아와 늘 같은 자리에 둥지를 틀기 위한 기초 공사를 시도한다. 그때부터 어머니와 제비 간에는 양보 없는 접전이 시작된다. 갖은 방법을 동원하다가 결국 비닐을 주렁주렁 매달아 처마 밑을 사수한 어머니, 이에 질세라 굽히지 않고 공사를 진행하려는 제비.

안쓰러운 생각에 어머니께 그냥 두면 안 되느냐고 슬쩍 비추었다. 집을 짓고 살기만 하면 좋은데 요것이 아무데나 뒷일을 보는 행실 때문에 지저분해서 도저히 봐줄 수가 없다 한다. 나도 얹혀 사는 입장이고 보니 집주인인 어머니의 통치 행위에 두말하지 않고 따를 수밖에 없다. 그러다 결국 포기하는 건 집도 힘도 없으면서 눈치까지 없는 제비였다.

이사하여 살던 어느 날이다. 부엌문을 통하여 집안으로 들어서려다가 멈칫하였다. 제비가 터를 잡고 기초공사를 막 끝내고 있었기 때문이다. 건축자재가 여기저기 떨어져 있고 볼일까지 봐 놓아서 역시 지저분하다. 고심 끝에 그냥 받아 주기로 했다. 이제는 내 뜻대로 허가할 수 있는 자격이 되니 뿌듯하다. 찾아온 제비가 한편으로는 반갑기까지 하였다.

우리 집 작은아들은 동물이나 곤충을 키우며 관찰하기를 좋아한다. 고 녀석이 학교에서 돌아오자 나는 얼른 신기하고 즐거운 소식을 알려 주었다. 날마다 여물 섞인 조그만 진흙 덩이는 켜켜이 올라갔다. 투박한 칡덩굴로 촘촘히 엮은 바구니 같다며 우리는 지켜보았다.

제비가 공사를 시작한 지 일주일쯤 되었을 때다. 처음으로 부부가 나란히 둥지에 앉아 있는 모습을 보았다. 집이 완공되었나 보다 했는데 다음날에도 또 다음날에도 진흙 덩이는 올라갔다. 드디어 큼지막하고 근사한 집이 완공되었나. 그러는 동안에 나는 둥지 아래에 신문지를 깔고 바람에 날리지 않도록 눌러 놓았다. 일회용 뒷간을 만들어 주고 가끔 갈아 줄 생각이었다. 내가 들어서면 파다닥 날아 달아나는 제비를 보며 맘 놓고 드나들어도 좋다고 말해 주고 싶었지만 알아들을 리 만무하여 그냥 두고 지켜보았다.

며칠 지나지 않은 어느 날 허망한 일이 벌어지고 말았다. 지금까지 보아온 제비집 중에서 제일 근사하다고 생각했던 그들의 보금자리가 깔아둔 신문지 위에 떨어져 완전히 뭉개져 있는 게 아닌가. 내 마음이 이렇게 안타까운데 그들은 얼마나 놀라고 당황스러웠을까, 대체 무슨 일이 있었던 걸까? 우리 집 외벽은 시멘트를 치덕치덕 던져 발라 마감해서 우둘투둘하다. 무엇이든 붙어 있기에 딱 좋았을 터였다.

제비도 날림공사를 했던 것일까? 아니면 요란한 부부싸움이라도 한 것일까? 도무지 알 수 없는 노릇이다. 혹 내가 그런 거라고 오해하고 원망할까 봐 염려스럽기까지 하다. 문득 어렸을 적 친구 집 마루의 풍경이 생각났다.

친구의 집은 초가에 지붕만 슬레이트로 얹어 개량한 집이었다. 여름에는 언제나 마루의 천장에 사는 제비 가족을 볼 수 있었다. 어미가 먹이를 물어올 때마다 일제히 목을 빼 들고 세모난 작은 입을 벌리면서 지지배배 아우성을 치는 모습은 본능적이며 필연적인 생존경쟁의 치열한 다툼이었다.

친구의 아버지는 제비 둥지 바로 밑에다 널빤지를 대어 박아 받침까지 만들어 주었다. 배설물 때문이었는지 아니면 둥지의 안전을 위해서였는지 기억이 나질 않는다. 그 집에도 분명 문은 있었는데 문을 닫지 않고 생활했던 걸까. 아니면 문을 닫았을 땐 제비도 드나들지 않았던 걸까. 지금도 수수께끼다. 불편을 감수하면서도 제비와 한 식구로 지냈던 친구 부모님의 훈훈한 정과 질박한 풍경이 그리워진다.

제비집이 떨어져 뭉개진 이유가 궁금하다. 견고하면서 테석테석한 칡덩굴 바구니, 정취가 있는 그들의 보금자리를 그리며 눈길이 자꾸만 처마로 끌린다.

2부

자연에서
배우다

바다의 딸

그들을 해녀라고 부른다. 테왁* 하나에 몸을 의지하고 거친 바닷속을 삶의 터전으로 일군다. 그런 해녀에게도 수시로 표정과 모습을 바꾸는 바다는 늘 두려움의 대상이다. 갖가지 사연을 품고 있으며 아슬아슬한 일이 종종 생긴다. 바다는 언제나 알듯 말듯한 미지의 세계이다.

---

* 테왁: 해녀들이 작업할 때 물 위에 뜨게 해주는 도구.

어촌계에 근무하다 보니 해녀들로부터 바닷속 이야기를 들을 때가 많다. 자라 보고 놀란 가슴 솥뚜껑 보고도 놀란다는 말이 있다. 만경창파 드넓은 곳에서 해산물 채취에 몰두해 있을 때, 널브러진 옷가지나 장화 따위가 불현듯 발견되는 순간엔 섬뜩한 상상으로 머리끝이 곤두선다고 한다. 어쩌다 사체가 발견되는 일이 실제로 있었기 때문이다.

어떤 날에는 돌고래 떼를 만나기도 하는데, 멀리서 그들이 보일 때 배알로~배알로*! 라고 외치면 다른 쪽으로 가버린다는 속설도 전해지고 있다. 한 해녀는 숨비다*보니 외떨어진 곳에 혼자 남게 되었는데, 하필 지나가는 돌고래 무리에 둘러싸이게 되었다 한다. 수많은 돌고래를 보니 기겁을 하고는 '배알로~.'를 외치며 무리에서 빠져나오느라 혼비백산하였다는 얘기도 재미있게 들었다.

자원이 점차 고갈되어 가고 있는 실정이라 해녀의 수입은 예전보다 상당히 떨어졌다. 1970년대부터 보온성이 뛰어난 고무 옷(잠수복)이 보편화되면서 해산물 채취하는 시간이 길어진 것과

---

* 배알로: 해녀들이 돌고래 떼를 만났을 때 외치는 소리, 돌고래가 순해지며 다른 데로 가버린다는 속설이 전해진다.
* 숨비다: 자맥질하다.

수질 변화로 인한 생태계의 변동을 자원 고갈의 원인으로 분석하기도 한다.

내가 태어난 곳은 제주에서도 해안마을이었다. 초등학교 시절 여름이면 친구들과 바다에 가서 다이빙하며 헤엄치기를 즐겼다. 해녀들로부터 바다 이야기를 들을 때면 유년시절 보았던 바닷속 풍경을 떠올리며 직접 들어가 보고 싶은 생각이 들기도 했다.

우뭇가사리 채취가 시작된 5월. 고무 옷 입는 요령과 물안경을 치약으로 씻고 쑥으로 닦는 요령 등을 들으며 어렵사리 착용하였다. 복장을 갖추고 해녀들 틈에 끼여 망사리를 둘러메니 파래잠수* 폼은 난다. 해녀들은 새 상군* 날 것 같다며 한마디씩 인사말을 건넨다.

기대 반 두려움 반으로 야트막한 물에 들어 몇 번을 자맥질하고 나니 세상이 빙그르르 돌고 머리가 아프기 시작했다. 그래도 쉽게 포기하면 남 보기 부끄럽다는 생각에 금방 나와 버릴 수가 없다. 머리가 흔들리고 깨질 듯한 통증으로 더 이상 버틸 수 없게 된 것은 두 시간이 채 안 돼서였다. 후일 친한 해녀에게 어지러움과 두통 때문에 죽는 줄 알았다고 했더니 약을 먹을 걸 그랬다며

---

* 파래잠수: 아주 서투른 잠수
* 상군: 기능이 뛰어난 해녀

뇌선을 챙겨 주었다.

대부분 해녀는 멀미약과 뇌선을 상비하고 먹는다. 잠수할 때 가해지는 물의 압력과 뇌로 공급되는 산소가 부족하여 생기는 통증이라 여겨진다. 척박한 화산섬에서 살아야 했기에 밭에서 얻는 수확은 바닷물보다도 훨씬 짤 수밖에 없다. 친정집 역시 삶이 고달프기는 마찬가지여서 시집간 딸에게 줄 것은 없었을 터이다. 그러나 바다는 친정 어머니보다도 후한 인심으로 이것 저것 내어 주었다.

그러기에 때로는 목숨을 건 사투가 필요했지만, 태산같이 달려드는 파도와 타협하며 깊은 물 속을 누빌 수 있었으리라. 바다는 살림 밑천도 대어 주고, 아들딸 양육비도 내어 주고, 심지어는 밭떼기도 살 수 있게 해 주었다.

회초리로 맞아도 어머니의 품은 언제나 따뜻하고 그립다. 오랜 세월 뇌선을 목 안으로 삼키며 '혼백상지 등에 지고'* 저승 문턱을 넘나들어도 바다가 좋아 바다에 가는 날만 기다린다. 그들은 바로 바다의 딸이다.

---

* 혼백상지 등에 지고: 목숨을 건다는 뜻을 비유. <출가해녀의 노래>에서 인용.

문어할망

🌸 한 해녀가 물 밖으로 걸어 나온다. '문어할망'
이라 불리는 나이 많은 해녀다. 아내를 마중 나온 동네 어른들과
불턱에 앉아 잡담하는 동안 시간이 꽤 흘렀나 보다. 문어할망은
젊어서부터 깊은 물질에는 소질이 없었던지 문어, 오분자기만을
주로 잡았다고 한다. 요즘 오분자기는 그 개체수가 확연히 줄어
찾기 어려우나, 문어는 아직 잡을 만하다. 문어가 사는 곳을 꿰차

고 있어 언제나 많이 잡기에 문어할망이라 부른다.

내리 삼일, 물때는 되었으나 바다는 해녀들의 입어를 허락하지 않는다. 5월 말까지 소라 물질을 마치고 6월부터 넉 달 동안의 금채 기간을 넘겼다. 10월에 접어들자 물때가 되기만을 기다리던 해녀들은 가급적 좋은 날씨를 기다렸다가 작업을 시작한다. 이는 나이 든 해녀를 위한 젊은 해녀들의 배려이기도 하다. 물밑은 어둡고, 너울은 거세고, 발만 동동 구르다가 나흘째 되는 날, 드디어 바다가 맑고 잔잔해져 해녀들이 물질을 시작했다.

그런데 웬일인가. 이따금씩 생기는 사고가 발생하고 말았다. 한 해녀가 영원히 바다의 품으로 떠나버리고 만 것이다. 주인을 잃어버린 테왁은 두어 시간째 한 자리에 하릴없이 표류했지만, 그 누구의 눈길도 얼른 끌어내지 못했다. 여름 넉 달 동안 금지했다가 하는 물질이라 모두가 자맥질에 바빴을 테니 그럴 만도 하다.

해녀는 동고동락하던 테왁도, 사랑하는 가족도, 아꼈던 그 무엇도 다 놓아버리고 떠나버렸다. 심지어 그녀를 지탱하던 몸뚱어리도 여울 자박거리는 구멍 숭숭한 현무암 위에 뉘어 놓은 채 홀연히 떠났다.

이 년쯤 됐을까. 그분은 뇌졸중으로 쓰러져 치료받은 후 물질을 삼가던 중이었다. 건강치 못한 몸이기에 아직은 바다 일을 하면 안 된다는 걸 알면서도 습관처럼 하던 일을 쉬이 접을 수 없었나 보다. 바다에 가지 않으면 살아도 사는 목숨이 아닌 것 같았을 터이다. 적당히 하면 괜찮겠지, 어느 정도쯤이야 물에 들면 해낼 수 있으리라 생각했던가 보다.

한평생 물에 들고 밭으로 가기를 반복하며 해녀라는 신분으로 살아오는 동안 그 생활은 몸에 스며들어 삶이 되었는지도 모른다. 뭔가를 위한 노력과 생산성 없이 산다는 건 편하기보다 무의미하였을 것이다. 오히려 견딜 수 없는 고통일 수도 있다. 그러기에 해녀는 고무 옷을 입고 바다에 나가 숨비소리를 힘껏 뱉어내야 살아 있음을 실감하는지도 모르겠다.

이웃 동네의 사고 소식을 접한 남자 어른들은 궁색하나마 한마디씩 대책을 내놓는다. 물질 전에 일제히 혈압을 재야 한다, 간단히 할 수 있는 건강 체크는 모두 한 다음에 입어하도록 해야 한다, 혹은 70이 넘으면 물질을 금해야 한다는 등.

이때 놀랍게도 나이 80에 들어서는 문어할망이 망사리를 어깨에 메고 걸어 나오고 있지 않은가. 소라 금채 기간을 해제하는

첫날이라 웬만한 해녀들은 모두 소라 밭으로 나갔지만 그들 부럽
지 않은 얼굴이다. 오랜만에 물질을 시작한 할머니는 오늘도 여
지없이 문어로 망사리가 묵직하다. 그물망 사이로 삐져나와 늘어
진 문어발들, 망사리를 채운 문어들의 무게가 고마울 뿐이다. 구
부러진 허리를 펴지 못 한 채 묵직한 문어망사리를 메고 나오는
주름 깊은 얼굴에 만족한 표정이 가득하다.

　연세가 많으니 바다 일은 그만하시라고 규제한다면 어떻게 될
까. 과연 건강하게 오래살까. 이 할머니에게 삶의 의미는 무엇이
될까 생각해 보게 된다.

자연에서 배우다

잡초를 뽑아내는 일에 재미가 붙었습니다. 마당을 거닐며 잔디밭에 숨어있는 잡초를 찾아내다 보면 시간 가는 줄 모릅니다. 오늘도 아들을 학교에 태워다 주고 들어오다가 짧은 시간 동안 잡초를 뽑습니다. 눈을 가만히 고정하다시피 하고 유심히 살펴봐야 찾을 수 있습니다. 잡초들을 하나 둘 색출하는 재미에 폭 빠져 출근 시간도 잊을 지경입니다.

잡초들은 잔디와 거의 비슷한 키와 모양과 색깔로 꼭꼭 숨어 있습니다. 며칠 새 전보다 쉽게 눈에 띄어 꽤나 뽑혀 나갑니다. 잎보다 길게 뻗쳐 나온 가느다란 줄기의 끝부분에 씨앗들을 매달고, 색깔까지 진해진 상태로 도드라진 모습이기 때문입니다. 잔디밭에서 잔디보다 길어진 줄기에 씨앗이 달린 잡초를 찾기는 비교적 쉽습니다. 잡초에도 씨앗을 매달고 있는 기간이 가장 위험한 때인가 봅니다. 잡초도 위험을 무릅쓰고 이렇게 자식을 품고 있구나 생각하면서 TV에서 보았던 문어를 떠올립니다.

문어는 산란한 후 그 알이 저를 닮은 모습을 갖추어 독립하기까지 지킵니다. 알 옆에서 붙박이처럼 자리를 뜨지 않으니 사냥도 못 합니다. 한 달여 이상 먹지 못하여 축 늘어진 어미문어는 맥 쓸 기력이 없습니다. 용감하게 바다를 누비며 사냥할 때에는 감히 근접도 못 하던 잔챙이조차 무서움 없이 달려들어 쪼아 댑니다. 문어는 여덟 개의 다리를 뒤집어 몸통만을 감추고, 저항도 없이 느리게 피해 다니다가 결국 그들의 먹이가 되고 맙니다. 자식을 키운다는 것은 이런 희생을 감수해야만 하나 봅니다.

몇 달 전에 한 명의 주부가 6년간 네 명의 영아를 유기한 사건이 TV 뉴스를 통해 보도되어 충격을 주었습니다. 가정형편이 어려워 키우기가 어렵다는 게 이유였습니다. 매년 영아 유기 사건은 늘어나는 상태라고 합니다. 이런 영아들의 목숨을 구하기 위해 궁여지책으로 베이비 박스도 몇 군데 시설해 놓았습니다. 딱하고 가슴 아픈 노릇입니다.

올 상반기에만도 65명의 영아가 버려진 채 발견되었습니다. 그중 열 명이 숨진 상태였다고 합니다. 지난해 영아 유기 사건으로 입건된 서른네 명 중 65%가 10대에서 20대였으며, 그중 상당수가 미혼모라고 합니다. 생명에 대한 윤리 교육이 필요해 보입니다. 이와 함께 성에 대한 교육과 부모로서 지켜야 할 양육에 대한 책임 의식을 심어주는 교육 또한 매우 중요하리란 생각이 듭니다.

그런가 하면 장애아를 키울 수 없다는 남편과 이혼하고, 자식을 돌보며 어렵게 살아가는 어머니도 있어 다행스럽기도 했습니다. 물론 그런 마음으로 자녀를 지키고 있을 아버지 또한 많으리라 생각합니다.

세상의 모든 부모가 가족을 소중히 여기고 사랑과 책임감으로 자녀를 양육하며 가족 안에서 힘을 얻을 수 있었으면 합니다. 가정형편이 어렵더라도, 위험을 무릅쓰고 씨앗을 품고 있는 잡초처

럼 말입니다. 혹은 죽기를 각오하고 알을 지키는 문어처럼 살아
갈 수 있길 바랍니다. 자식에 대한 조건 없는 사랑과 희생을 잡초
나 문어 같은 미물에서 배웁니다.

섶섬이 보이는 풍경

🍀 섶섬이 보이는 '풍경'을 바라본다. 이중섭 전
시관에 갔을 때 사 온 그림을 보면서 서귀포의 밤바다를 떠올린
다. 섶섬을 띄어 놓고 고즈넉한 여유를 즐기는 서귀포의 밤바다.
낯섦 때문에 불안해하며 맘껏 즐기지 못했던 그 바다 냄새가 가
슴에 아스라이 남는다.

일상의 굴레를 잠시 탈출하고 싶어도 현실 앞에 순응하며 발길

을 멈춰서야 하는 주부의 삶이다. 분명 가족과 나를 위한 효율적 성과가 크다 해도 주변 환경이나 보편적 가치의 한계를 벗어날 수는 없는 것이 주부의 삶이다.

큰아들과 함께 자전거 여행을 하겠다고 마음먹은 지 3년이 흘렀다. 매년 미루어 오다 올해는 꼭 실행하리라 단단히 결심하였다. 모자간 벽도 조금 허물어 보고 정도 쌓고 새로운 체험과 더불어 추억거리를 만들어 주고자 함이었다.

남편과 함께하고 싶었지만 늘 바쁘다. 미루어 오는 동안 작은아이도 어느새 5학년이 되었기에 셋이서 함께하리라 생각했다. 서귀포 쪽으로 2박3일 다녀올 계획을 잡고 애들한테 얘기했더니 기대감에 들떠있다.

정해 놓은 날짜가 며칠 앞으로 다가오니 도전보다는 안정을 원하는 나의 잡념들이 주저하게 만든다. 자잘하게 생길 법한 귀찮은 일들과 알 수 없는 막연한 염려까지 더해져서 도무지 시도할 용기가 나지 않는다. 그만둘까 생각해 봤으나 크게 실망할 애들의 모습이 떠오르고, 실없는 엄마의 모습을 보일 수도 없는 노릇이라 난감하다.

'차를 타고 가자. 그리고 하룻밤만 자고 오는 거야.' 궁여지책으로 계획을 바꾸었다. 아이들한테 몇 가지 이유를 붙여 계획 변경을 얘기했다. 실망하는 기색이 보였으나 그리 싫지는 않은 것 같았다.

방학 중이었지만 애들 학원과 내 근무시간에 지장이 없도록 금요일 오후 늦게 집을 나섰다. 서귀포에 가는 일은 거의 없었기에 핸드폰 기능의 안내를 받으며 차를 몰았다. 무작정 닿은 곳은 정방폭포가 가까운 보목리 자락에 있는 어느 펜션이다.

바닷바람을 맞으며 산책도 하고 이야기도 나누고 싶었으나 애들은 내 감상적인 생각대로 움직여 주질 않는다. 숙소 안에서 TV를 보고 게임을 하고…. 여행이 일상에서 벗어나 마음을 안정시키고 피로를 푸는 휴식의 의미라면 강요할 수는 없는 일이다.

낯선 곳에서 바라보는 밤바다는 어색하고 적막하기만 하였다. 아니, 그것을 바라보는 내 모습이 어색한 탓일 게다. 이런 것을 즐길 줄 아는 것이 여행의 묘미이겠지만 새로움에 대한 도전도 평소의 생활에서 점차적으로 적응해야 그 참맛을 느낄 수 있는 것인가 보다.

다음날 찾은 곳 중에서 이중섭 거리는 애들에게 좋은 문화적 교육이 될 것 같았다. 이중섭 화백이 기거했던 방은 두 평쯤 될까

말까 하게 보였는데, 벽에 보잘것없이 붙여진 종이가 내 시선을 머무르게 한다. "높고 뚜렷하고/ 참된 숨결/ 나려 나려/ 이제 여기에/ 고웁게 나려/ 두북 두북 쌓이고/ 철철 넘치소서/ 삶은 외롭고/ 서글프고 그리운 것/ 아름답도다 여기에/ 맑게 두 눈 열고/ 가슴 환히 헤치다." 이중섭 화백의 〈소의 말〉이란 시가 적혀 있다.

때마침 안내하는 선생님께서 먼저 온 관광객들에게 막 안내를 시작하고 있었다. 우리는 그들과 함께 전시관을 둘러보며 설명을 들을 수 있었다. 빈곤함 속에서 이중섭 선생은 합판에 페인트로 그림을 그리기가 다반사였던 것 같았다. 대작을 그리는 게 소망이라며 아내에게 보낸 편지들에는 지독한 가난과 외로움, 그림만큼이나 사랑하는 아내에 대한 뼈아픈 그리움이 질펀하게 묻어 있었다.

시처럼 외롭고 서글프고 그리움에 목이 메었던 삶이다. 그렇지만 종래는 한 화백의 맑고 순수했던 동심과 아름다운 화가 정신을 길이길이 전할 수 있었던 특별한 삶이었다.

전시관을 빠져나와 워터월드로 갔다. 물 만난 고기인들 이처럼 신이 날까? 아이들은 제 세상이라 시간 가는 줄을 모른다. 어른들의 눈높이에 얽매였던 아이들에게 주어진 신나는 시간이었다. 미루었던 자전거 여행은 아니었지만 나는 아이들의 눈높이에 한층 내려갈 수 있었고, 아이들은 엄마의 사랑을 끈끈하게 느꼈으리라.

여행이란 칼날을 뽑아 반쪽 무라도 잘라 낸 셈이니 앞으로 좀 더 강도 높은 도전을 할 수도 있을 것 같다. 이중섭 화백도 인고의 도전이 있었기에 많은 사람들에게 감동을 주고 있지 않은가. 정적인 틀에서도 동적인 변화를 모색하는 자세가 필요한 것 같다.

'섶섬이 보이는 풍경'에 사랑하는 아이들과 내 모습을 담아 가슴에 영원히 걸어 두고 싶다.

순간을 참으면

남편이 오늘은 웬일일까요. 마트에 같이 가자고 던져 본 말에 순순히 동행합니다. 앞집 S네 아빠가 함께 나서는 우리를 보고 보기 좋다며 말을 건넵니다. 어떤 집은 늘 있는 일이겠지만, 우리 집이 그렇듯이 S네 집에도 흔치 않은 일인가 봅니다. 잠깐 시간 맞춰 함께 가면 될 텐데 그게 왜 그리 어려운지 모르겠습니다. 특별한 일이라도 되는 듯이 기분 좋은 분위기로 나섰습니다.

장볼 때는 카트를 끌고 잘 따라다녀 주어서 별 문제가 없었습니다. 셰산내에 물건들을 올려놓는 사이 상자라도 하나 만들어다 주면 좋으련만 남편은 사라지고 없습니다. 혼자서 상자를 만들어 물건을 담고, 담다가 무게에 못 이겨 찢어져 버린 무 봉지를 새 봉지로 뜯어다 바꾸고 계산하고…. 평소에는 혼자서도 잘하던 일들입니다. 하지만 남편이 같이 왔는데도 다음 손님을 세워 두고 혼자 바쁘게 움직여야 하는 내 모습에 은근히 부아가 납니다. 남편이 정말 무심하고 야속하다는 생각이 들어 서러워지기까지 합니다. 내 팔자에 무슨 남편과 장을 보며 짐 들어주길 기대하느냐며 비관도 합니다.

계산 마치고 물건 담은 상자를 안고 부글부글 속 끓이며 나오는데, 문밖에서 담배를 피워 물고 서 있는 남편과 마주치니 어이가 없습니다. 눈을 흘기고 입을 삐죽이며 잔소리를 늘어놓습니다. 남편도 지지 않습니다. 그만한 걸 갖고 뭘 그러냐며 기분 나쁜 표정입니다. 둘 다 화난 얼굴로 집에 와서는 몇 마디 말도 없이 침묵 속에 저녁을 먹습니다. 꼭 필요한 얘기만 냉랭한 말투로 하고, 거실에서 각자 TV 보거나 책을 들여다보거나 하다가 학원에 가서 아들을 데리고 왔습니다.

부자가 만나니 아빠는 헬스장엘 다녀야겠다며 한 손으로 아령을 들올렸다 내렸다 합니다. 아들은 아빠의 근육과 힘자랑에 멋있다며 감탄하는 표정을 보이고, 내일부터 당장 헬스장에 다니시라는 등 힘이 어쩌고저쩌고 합니다. 제가 한마디했습니다. 힘은 키워서 뭘 할 거냐고, 장을 보러 갔으면 물건이라도 들어줘야 하는 거 아니냐고 말입니다. 그랬다가 반격이 쏟아지고 말다툼이 시작되었습니다. 그때 마트에서 보인 내 표정에 대단히 기분 나빴다며 소리를 버럭 지릅니다.

둘은 상대방만 뉘우치기를 바랍니다. 서로 자신은 잘못한 게 없다고 목소리만 높입니다. 그러다 성질만 돋우고 기분만 더욱 상하고 말았습니다. 남편은 "앞으로는 마트에 너 혼자만 다녀."라며 방으로 들어가 문을 쾅 닫아버립니다. 일 년 중 함께 마트 가는 횟수가 열 손가락으로 충분한 사람이 말입니다. 정말 기분이 좋지 않습니다.

시간을 두고 가만히 생각하니 내게도 잘못이 있었습니다. 한꺼번에 너무 많은 기대를 한 것도 잘못이고, 기대에 못 미친 남편의 행동에 화부터 낸 것도 잘못입니다. 퇴근하며 해안가를 한바퀴

돌고 싶다고 전화를 했더니, 가을 타는 내 마음을 이해하고 선뜻 와 준 고마움을 잠시 잊었습니다. 그냥 드라이브하느니 마트에 가서 장 보는 것이 좋을 것 같아, 장이나 보러 가자고 했더니 흔쾌히 동행해 준 성의를 생각지 못했습니다. 아내와 아기자기한 시간을 갖거나 사랑을 표현하는 게 서투른 남편을 이해하지 못했습니다. 조근조근 이해가 가도록 얘기했으면 분명 미안하다며 멋쩍게 웃었을 것입니다.

　순간을 참지 못하고 욱하는 성질 그대로를 부리는 게 문제입니다. 미국의 대통령이었던 토머스 제퍼슨은 그의 서재에다 "화가 났을 때는 열을 세어라, 크게 분노했을 때는 백을 세어라."라고 써 놓고 있었다고 합니다. 〈명심보감〉에는 인일시지분 면백일지우忍一時之忿 免百日之憂라는 말이 있다 합니다. 순간을 참으면 백일의 근심을 면할 수가 있다는 말입니다.

뒷모습

아이들은 훌쩍 자랐다. 내년이면 어느새 중학생의 학부모가 된다는 생각에 만감이 교차한다. 뿌듯함보다는 중년 아줌마가 되어 가는 자신을 발견하게 되어 놀란다.

직장일로 시내에 갔다가 우리 어촌계 홈페이지를 맡아 제작하고 있는 사장과 점심식사를 하였다. 식사를 마치고 사장을 근처에 있는 그의 사무실까지 태워다 주게 되었다. 주택가의 좁은 길을 천천히 빠져 나오다가 여럿이 한데 있는 무리를 지나쳐 올 때였다. 옆에 탄 사장이 아는 얼굴을 발견한 모양이다. 밖을 유심히 보면서 "애인도 없는데 애인이 있는 줄로 오해할 것 같으우 다."라고 손해를 보고 있다는 투로 말하고는 웃는다.

조금 전 식사를 할 때 서른다섯이 됐는데 아직 장가를 못 갔다고 했다. 좋은 사람 있으면 소개 좀 시켜달라는 농담을 주고받았던 터였다. "장가가는 데 지장 있을 게 아닌가 모르쿠다. 하긴 내가 많이 늙어브난 그런 생각 같은 건 안 할 꺼우다게." 하며 웃자, "아니우다. 경 나이 많으꽈? 뒷모습은 아직도 20대로 보이는데 마씀." 한다. "마음은 아직도 스물여덟이우다게, 호호호…."

예외 없이 '뒷모습'이라는 단서가 붙는 것에 며칠 전 일이 생각났다. 친정엘 다녀오려고 집을 나와 막 차에 타려는데 "아가씨, 길 좀 물을게요." 하는 소리가 뒤쪽에서 들렸다. 돌아보니 모녀인 듯한 여행객 둘이 걸어오며 "아~, 저~, 아줌마, 철새 도래지하고 문주란 섬 가려면 어느 쪽으로 가야 되죠?" 하고 묻는다. 정정하여 부르는 호칭이 뇌리에 꽂히면서 속으로는 피식 웃음이 나왔다. '요즘은 나이 많은 아가씨들도 상당수인데 굳이 당황한 듯

정정하여 부를 게 뭐야.' 내 얼굴은 나이만 표시되어 있는 게 아니라 애 둘쯤 딸린 아줌마라는 티까지도 내고 있는 모양이다. 약간은 씁쓸한 기분과 함께 친정으로 가는 내내 많은 생각을 하게 하였다.

오늘 패션 시계를 하나 샀다. 갖가지 다양한 디자인으로 전시되어 있는 수많은 시계들 중에서 서너 개를 점찍고, 또 그중에 두 개를 추려냈다. 이게 좋을까? 저게 좋을까? 갈등하였다. 하나는 생기발랄하게 보이는 점이 마음에 들긴 한데 많이 어려 보이는 게 흠이었고, 다른 하나는 튀지 않고 깔끔하며 무난한 점이 좋았으나 그 무난함이 따분해 보이기도 했다. "제가 보기엔 이게 더 예쁜데요?" 결국 가게 점원의 한마디가 선택의 열쇠가 되어 많이 어려 보이는 걸 손목에 차고 나왔다.

옷이건 살림살이건 어떤 물건을 살 때마다 점포에 전시된 각양각색의 다양한 물건 중에 하나를 선택하려면 어렵다. 이것도 좋아 보이고 저것도 나아 보이고, 또는 그게 그것 같아 보이기도 하여 무척 갈등하게 된다. 일단 내 것으로 선택된 하나만을 따로 놓고 보았을 땐 그런대로 만족하게 되는 일이 대부분이다.

이삼십 분이 지났을까? 금세 후회한다. 운전대를 잡은 손목이 유난히 튀어 힐끔 보니 나이에 맞지 않게 시계가 유치해 보인다. 동그란 모양의 커다란 본체 안에 비대칭 하트 하나가 큼지막하게 들어있있고, 진한 분홍색의 가죽 끈이 눈에 띄게 손목을 휘감고 있다. 나이는 30 후반, 40을 향해 달려가고 있는 아줌마가 학생들이나 어린 아가씨들의 시계를 차고 있는 것 같아 영 어울리지 않아 보인다. 얼른 가서 바꿀까 생각하다가 번거로워서 그만 두었다.

나이 먹는 현실에 순응하지 못하는 자신을 문득 발견한다. 액세서리를 고를 때건 옷을 살 때건 간에 아직도 스물여덟 살쯤 되는 것처럼 착각하고 고른다. 속절없이 커져만 가는 숫자가 두렵다는 생각이 들기도 한다.

어느 날인가 나이 많은 해녀에게 해산물 값을 지급하고 있을 때였다. 70세 정도의 해녀는 적은 액수의 해산물 값이 부끄러운 모양이다. 순서를 기다리고 서 있는 다섯 살 가량 젊은 해녀에게 말한다. "헛물에 조금 한 것 찾으러 왔쩌게, 그냥 내불민(두면) 장부만 어지러울 것 같고 허연…." 하면서 돈을 챙겼다.

"아이고 성님, 하영 허여신게 마씀(많이 하셨는데요)."

"하영 허여시냐? 느 나이만 되어시민 날아 다니멍 허여지켜 마는…."

하며 5년만 젊었어도 무슨 일이든 할 수 있을 것 같은 표정을
지었다.

그에 비하면 나는 젊다 못해 어리기까지 한 것이니 얼마나 좋
은 나이인가? 20대의 나이가 그립고 부럽듯이, 30대의 나이가 그
립고 부러울 날이 코앞에 다가와 있다. 그런 다음은 40대의 나이
가 그리워질 것이고, 70대의 나이인들 아쉽고 그립지 않을 리 없
다. 80이 된 후에는 말이다. 아니, 그때까지 살아 있다면….

한 해 한 해를 소중하게 여기고 지금 현재의 나이를 아낄 줄
알아야겠다. '뒷모습'이라는 단서가 붙는 게 아쉽긴 하지만, 그 속
에는 그만큼 나태하지 않는 삶의 모습이란 뜻도 어딘가에 숨어
있을 터이다. 늙어가는 나이에 순응하면서도 흐트러지지 말며 '앞
모습'까지도 곱고 온화한 아줌마의 인상을 읽힐 수 있으면 더없이
좋을 일이다.

작든 크든 간에 진취적인 목표를 설정하고 추구하면서 알뜰히
살아가리라는 다짐을 다시 해본다. 되돌아 살 수 없는 인생의 시
간을 허비하지 않으며 끊임없이 노력하는 삶을 살자. 5년만 젊었
어도 무얼 할 수 있었을 텐데 하는 아쉬움은 덜 수 있으리라.

어머니의 침묵

직장을 다니기 전 삼 년 가량은 농사를 지었다. 남편은 자기 일이 있었으므로 대부분 시어머니와 밭일을 했다. 드물게 남편이 일 없는 날을 택해서 빈 밭에 제초제를 살포하게 되었다. 당근 파종기가 가까워지므로 그동안 자란 잡초들을 제거하고 밭을 정리하기 위해서였다. 남의 농작물에 피해가 없도록 조심해야 한다고 어머니께서는 수차례 당부하셨다.

주변은 삼 면이 임야이고, 한 면만 길 건너 콩을 갈아놓은 밭이 있을 뿐이어서 그다지 걱정되지 않았다. 지조 없는 흔들바람이 이리저리로 불어대긴 했지만, 빈 밭에 제초제 치는 것쯤이야 어렵지 않은 일이었다. 우리들 두 풋내기는 '세상 부러울 것 없이 초야(草野)에 사는 부부' 같은 기분으로 즐겁게 일을 마쳤다.

며칠 후, 옆 동네에 산다는 콩밭 주인은 야단이 났다. 우리가 살포한 제초제가 밉살스러운 바람에 길 건너까지 날아간 모양이다. 콩잎이 노릇노릇하였다. 다행히 그 면적이 얼마 되지 않았고 피해도 적었다. 농촌의 정서상 그만한 일로 대가를 치러 해결하려 한다면 오히려 정 없는 짓으로 생각되었다기 때문에 진심 어린 사과를 하고 양해를 구했다. 그것으로 용서가 된 줄 알았던 게 오산이었다.

그로부터 20여 일이 지났을까. 파종 전 밑 비료를 살포하기 위하여 어머니와 밭에 갔을 때였다. 길 건너 밭에서도 같은 작업을 하고 있다. 콩은 그새 수확하였고 당근 파종 준비를 하고 있다. 일하던 아주머니가 우릴 보더니 어머니를 향해 욕설을 퍼붓기 시작했다. 변명할 틈도 주지 않고 욕은 두 개의 담장을 넘어 빗발치듯 날아와 고부의 가슴과 바싹 마른 땅 위에 수없이 꽂혔다.

어머니보다 나이는 열 살 가량 젊어 보였다. 나이의 위아래 따위는 아랑곳없이 온갖 욕을 가리지 않고 쏟아내었다. 농촌의 후덕한 인심이라고는 손톱만큼도 찾아볼 수 없었고, 몰인정함이 사납게 표출되는 느낌이었다. 그렇게 심한 욕을 들어보기는 처음이었다.

"독한 시어머니하고 오랫동안 살면서도 소리 나는 일 없이 지내는 걸 보니 너 참 착하다."라고 하는 동네 사람의 말을 들은 적이 있다. 시어머니는 만만찮게 성깔 있고 강직하기로 정평이 나 있었다. 나는 곧 그 아주머니께 되돌아갈 시어머니의 따끔한 반격을 기대했다. 지금일까? 아니면 다음일까? 기다렸지만 시어머니의 반격은 끝내 없었다. 그 아주머니가 요구하는 비료 몇 포를 사다 주라고 조용히 내게 말씀하시고는 바싹 마른 땅을 향해 비료만 사락거리며 흩뿌릴 뿐이었다.

최소한의 품격과 도리가 결여된 치욕적인 말들로 인해 며느리 앞에서 무너지는 자존심을 당신께서는 깊은 침묵으로 지켜 내고자 했던 것일까? 나는 그때 어머니의 인내심과 인품의 고매함을 느끼지 않을 수 없었다. 어머니에 대한 인식은 새롭게 바뀌어졌다. 어떤 반격으로 그 아주머니의 기세를 꺾었던들 침묵만큼 가

치를 발휘하진 못했을 것이다. 때로 침묵은 가장 커다란 웅변이
되기도 하고 가장 사랑스러운 대화가 되기도 한다.

여

바닷가 마을은 시끌벅적하다. 물에는 테왁과 숨비소리로 가득하고 뭍에는 경운기나 농사용 트럭을 동원한 마중꾼들로 가득하다. 지금이야말로 반은 물이고 반은 사람인 계절이다.

천초작업 광경을 외부인이 본다면 충분히 호기심을 불러일으

---

* 여: 물속에 잠겨 보이지 않다가 썰물에 드러나는 바위

킬 장관이다. 천초는 해초의 일종이며 우뭇가사리라고도 부른다. 묵으로 만들어 여름철에 먹기도 하고 한천을 만드는 데 쓰이기도 한다.

한 해 동안 자란 천초는 해마다 오월이 되면 채취를 시작하여 약 20일 안팎이면 작업이 끝난다. 단시일 내에 수확하려니 해녀들의 마음은 즐겁기도 하고 바쁘기도 하다. 숙련된 기술과 긴 물숨*을 필요로 하는 헛물에 작업*과는 달리, 얕은 물에서도 짧은 기간에 소득을 얻을 수 있다. 천초 작업 때에는 수영을 못하는 젊은 새내기나 퇴역한 잠수들도 기회를 놓치지 않으려고 무리해서 바다로 나간다.

대목은 닷새 안팎이다. 하루 동안 작업할 수 있는 만큼씩 구역을 나누어 사흘에서 닷새간에 해녀의 손길이 닿지 않았던 새바당*을 한 차례 작업하고 나면 바쁜 마음은 한결 누그러든다. 하지만 대목에 비할 때 그런 것이지, 한 포기라도 더 많이 캐내고자 하는 해녀의 욕심은 여전히 자신을 긴장케 하고 서두르게 하는 모양이

---

* 물숨: 물속에서 참는 숨

* 헛물에 작업: 소라, 전복, 오분자기 따위를 따내는 일.

* 새바당: 한동안 채취 작업을 금지하였다가 해경하여 처음 작업을 하는 바다.

다. 잠수작업을 할 때는 양옆을 돌아볼 여유를 갖지 못한다. 옆에서 작업하던 잠수가 위급한 상황에 처하여 사경을 헤매는 순간일지라도 누군가 알아채고 구원의 손길을 뻗기란 쉽지 않은 일이다.

그러기에 오늘 같은 사고를 불러내는 것이다. 해마다 이맘때쯤엔 우리 마을이 아니면 다른 마을에서라도 한 번쯤은 접하게 되는 사고가 마침내 발생하고 말았다.

천초 작업광경을 촬영할 수 있도록 도와주기로 약속했던 모 TV 방송 촬영팀들과 함께 어느 해녀의 집에서 촬영을 마치고, 다음 촬영을 위해 바다로 나가려 할 때쯤이었다. 119 구급차가 바다 쪽에서 올라오더니 우리 곁을 지나 마을 밖으로 빠져나간다. 잠시 후 사고 소식을 한마디 던지면서 어촌계장의 차가 바다 쪽으로 황급히 사라졌다.

어촌계에 근무하던 나는 반신반의하면서 조급한 마음으로 사고가 발생했다는 현장으로 가 보았다. 이미 사고자는 구급차에 실려 간 후였고, 해녀들은 작업을 중단한 채 모두 집으로 돌아가는 중이었다. 바다를 떼어놓고는 살기 어려웠던 73세 해녀가 아무도 지켜보는 이 없이 조용히 바다의 품으로 돌아간 것이다.

어촌계장과 함께 소식을 물어 도착한 곳은 시내 어느 병원의 장례식장이었다. 몇몇 마을 사람들과 유족들의 붉게 충혈된 눈이 상황을 실감케 하였다. "이렇게 빨리 떠날 줄 알았더라면 소리나 지르지 말걸, 불쌍하게 살다간 어머니…." 유족의 입에서 흐느끼며 나오는 말에 앞이 뿌옇게 가려져 왔다.

불쌍한 어머니가 어디 오늘의 망자뿐이랴. 제주의 여자로 태어나 해녀로 살아감이 가엾은 일이다. 평생을 척박한 땅에서 오로지 일만 하며 살다 간 해녀, 숨을 참으며 파도와 뒤엉켜 사는 억센 해녀가 바로 제주 어머니이다. 산꼭대기를 향해 바위를 굴려 올리는 시시포스처럼 오늘은 바다에서 파도와 싸우다가 내일은 자갈밭에서 흙바람과 씨름하기를 반복해야 하니 잠시도 쉴 틈이 없다. 비가 내려도 나가는 바다, 바람이 불어 삼킬 듯해도 여간하면 나가야만 하는 바다다.

불쌍한 것은 힘든 일 때문만이 아니다. "한푼 두푼 모은 돈도 낭군님 용돈에 모자라간다."라는 노랫말대로 주변을 둘러 나이 드신 농어촌 남자들의 일상을 보면, 역시 그냥 나온 노랫말은 아니로구나 하는 것을 짐작하게 된다. 바다에 나가 잠수질을 하는 것은 물론이고, 밭갈이하거나 농약을 치거나 할 때를 제외하면 모두 여자가 해야 할 일이다. 농작물을 솎아내거나 김을 매거나 하는 따위의 잔일은 남자가 할 일로 생각지 않는다. 남자로서 그런 일을 하는 모습은 남 보이기 부끄러운 일로 생각하기 때문이다. 밭으로 바다로 쉴 틈 없이 노동에 파묻혀 살아가는 여자들에 비해 남자들은 할 일이 그다지 많지 않다. 일하지 않는 것은 둘째 치고 돈이라도 헛되이 쓰지나 않으면 좋았겠다. 시간이 많으면 자연히 쓸 일도 많아지니 한푼 두푼 모은 돈으로는 낭군님 용돈에도 모자랄 수밖에….

자식에게 기대지 않으려는 제주 어머니의 성격은 자식과 한 울타리에 살아도 따로 밥을 지어 드셔야만 마음이 편했다. 그렇게 자라서인지 자식들 또한 효심이 없지는 않을 테지만 그것을 실천하는 일에는 왠지 어줍고 서툴다. 나 역시 어머니에게 무심한 것은 그렇게 키워져 온 제주 어머니의 자식이기 때문일까.

천초 작업이 시작되기 스무날 남짓 시어머니는 발목을 삐고 말았다. 깁스를 해야 할 정도로 심했지만, 그렇게 여유롭지 못하였다. 천초 시작일은 가까워지고 발목은 낫지 않고, 당신께서는 아니라고 하시지만 천초할 욕심에 깁스를 하지 않으신 게 분명한 듯하여 부탁하였다. "어머니, 와리지 마랑 험써 예. 욕심 부리지

마랑, 허여지민 허곡 못 허민 말주 허는 생각으로(서두르지 말고 하세요. 욕심 부리지 말고 해도 그만 못해도 그만이라는 생각으로).” 모든 해녀 삼촌들께 하고 싶은 말이다. “놀멍놀멍 허십써(쉬엄쉬엄 하세요).”

해녀로 산다는 건 뼈가 닳도록 움직여야 한다는 의미인가 보다. 오죽하면 여자로 나느니 소로 나는 게 낫다는 속담이 전해질까. 그러니 자신을 위해 시간을 내는 건 커다란 사치로 여겨지는 듯하다. 그렇게 희생함으로써 들풀 열매 같은 행복을 꿈꾼다. 수없이 파도가 밀려와 부딪히고 살이 깎여도 묵묵히 바다를 사랑하는 여를 닮은 제주의 어머니다.

교감

직장을 다니며 살림한다는 게 쉬운 일은 아니다. 일인다역을 하다 보니 휴일에도 혼자만의 시간을 갖기란 여간 어려운 것이 아니다. 오늘은 애들이 아빠를 따라 축사(畜舍)로 향했다. 남편이 며칠 전 들여놓은 강아지를 보기 위해서다.

모처럼 음악을 켜 놓고 커피 한 잔을 들고 거실 창가에 앉았다. 그야말로 오랜만에 여유로운 혼자만의 시간이다. 문득 난이 자라고 있는 화분으로 눈길이 쏠렸다. 한가로운 틈새로 끼어들며 마주친 난은 한참 나를 응시하고 있는 듯하다. 자생 난도 그렇지만 재배 난도 화원을 떠나 꽃이 시들고 나면 다시 꽃대가 올라오는 경우는 흔치 않은 일이다.

이 난은 달랐다. 개화된 채로 내 집에 들어와 그 꽃이 지더니 다시 꽃대가 올라오는 것을 발견하고 기뻐했던 기억이 난다. 그 후에도 꽃대는 여러 번 더 올라왔다. 특별하게 생각하지는 않았다. 그저 운이 좋은 것이려니 했다. 그때 난은 애들 방 북쪽 창가에 있었고 꽃대도 가냘픈 모습이었다. 일 년이 지났다. 두어 달 전쯤 그 화분을 별 생각 없이 거실 창가로 옮겨 놓았는데 두 개의 꽃대를 잉태한 것이다.

꽃대를 발견한 것은 며칠 전이다. 하나는 꽤 건강하게 보였지만 다른 하나는 콩나물처럼 나약하고 뒤틀린 채 올라오고 있었다. 그 모습이 고통스럽고 힘들어 보여 아침 햇살이 드는 동남쪽으로 방향을 돌려주었다. 어느 책에서 본 기억이 어렴풋이 떠올랐기 때문이다. 춘란도 대부분 소나무가 자라는 산 동남쪽 2부 능선이나 8부 능선에 자생한다고 했다. 작은 공간에서 생태의 자연조건을 충족시킬 수는 없지만 최선의 배려였다.

다시 내 눈과 마주친 난초 한 그루를 유심히 살펴본다. 나약했던 꽃대는 고개를 당당하게 쳐들며 올라오고 있다. 뿌리가 보이는 건 아니지만 꽃대를 밀어 올리는 씩씩한 힘을 확연히 느낄 수 있다. 고마운 마음으로 나를 응시하고 있었던 모양이다. 김춘수 시인의 〈꽃〉이란 시가 생각났다.

내가 그의 이름을 불러 주기 전에는/ 그는 다만/ 하나의 몸짓에 지나지 않았다.// 내가 그의 이름을 불러 주었을 때/ 그는 나에게로 와서/ 꽃이 되었다.// 중략 // 우리들은 모두/ 무엇이 되고 싶다./ 너는 나에게 나는 너에게/ 잊혀지지 않는 하나의 의미가 되고 싶다.

난은 그저 거실 장식의 화분 중 하나에 불과했다. 무심히 물만 주고 돌아섰다면 별 의미 없었을 것이다. 난이 피었을 때 내게 기쁨으로 다가온 것은 내가 관심을 두고 생각하며 지켜보고 있었기 때문이다.

하물며 사람에게는 더욱 그러지 않겠는가. 꽃대가 힘겨워 보였다. 몸 지탱할 지지대를 만들어 주며 가만히 들여다보니 수액이 눈물처럼 똑똑 맺혀 있다. 나를 바라보는 것 같다.

예불 소리

🍀 간월암엘 갔다. 불교 신자도 아닌데 어렵게 여행길을 떠나 찾아간 곳이 충남 서산에 위치한 간월암이다. 가고 싶은 곳은 많은데 딱히 정하지 못해 고민이었다. 동행할 지인이 안중에도 없던 간월암행을 제안한다. 절에서 숙식하는 것도 색다른 체험이 될 것 같아 흔쾌히 나섰다.

밀물 때가 되어 길이 잠겨버리면 들어갈 수 없다고 해서 끼니도 거르며 간신히 도착하니 오후 네 시다. 건너편에 조그만 섬이 솟아 있고, 그곳에 바닷물이 자박거릴 듯 암자가 자리하고 있다. 모래와 자갈로 주변보다 약간 더 볼록한 길만을 남겨 두고 물은 차오르고 있다. 내가 서 있는 곳과 섬과의 거리는 엎드리면 코 닿을 거리이다. 하지만 일단 들어가면 내 뜻대로는 나올 수 없는 머나먼 거리다. 어려운 결정을 한 듯 긴장된 마음으로 길을 건넌다.

주지 스님께 인사를 드리고 보살님의 안내를 받아 숙소에 여장을 내려놓았다. 동행한 지인을 따라 각 불전에다 절을 올리고 암자 입구로 나와 보니 길은 이미 사라지고 바닷물이 찰방거린다. 예불을 올리는 동안 사방은 어느새 어둠의 옷으로 갈아입었다. 여지없이 갇힌 신세다. 순간 영영 돌아가지 못할 아득한 곳으로 와버린 것 같은 착각에 아찔해진다. 아무 일 없다는 듯 멀리 인공의 불빛들이 꽃등처럼 반짝이고 머리 위로는 별빛이 영롱하다.

일찍 잠자리에 들었던 때문일까. 전날 올린 백팔배가 오히려 몸을 개운하게 해주었는지도 모르겠다. 알람이 울리자 몸도 머리도 가볍게 일어나 준비를 하고 새벽예불에 참여했다. 스님의 염불은 목탁 소리와 함께 가락을 타며 그윽하게 문밖으로 퍼져나갔다. 엄숙하게 올리는 절은 고요하고 깊다. 우리도 최대한 엄숙하게 깊은 절을 올리며 불경을 따라 읽는다.

언젠가 관광지를 방문했다가 종교의 거룩함에 대해 의구심을 품었던 일이 있다. 거기에도 절이 있어 경건한 마음으로 절 건물과 마당을 돌아보고 있을 때다. 목탁 소리와 함께 스님의 기도 소리가 스피커를 통해 울려 퍼진다. 그 소리에 곧 실망감이 들고 말았다. 스님은 주소를 주욱 읽은 후 아무개 몇째 아들 모 대학에 붙게 해달라 하고, 다시 주소와 함께 아무개 이번에 승진할 수 있게 해달라고 청한다. 계속해서 들려오는 소리는 제각기 욕심을 채워 달라는 내용 일색이다. 그 소리를 듣고 있자니 그만 절을 향한 신성한 마음이 사라지고 만다. 기도가 어찌 이리도 세속적일 수가 있을까. 내 기대가 너무 컸던 걸까? 신도들이야 그렇다 치고, 스피커를 통해 마당 가득 채우는 그 소리를 스님의 예불 소리라 하기는 어색하고 성스럽지 못하다는 생각을 하며 일주문으로 발길을 돌렸다.

스피커를 통해 나오는 요구들은 얼마간 뒤따라서 오다가 멀어진다. 절 밖 계단을 내려오는 내내 마음이 씁쓸했다. 내세를 추구한다는 종교나 현세의 안녕과 풍요를 추구하는 무속 신앙이나 다를 게 없지 않은가. 선한 마음으로 살아도 하나님에 대한 믿음이 없으면 천국에 갈 수 없다는 기독교의 교리 또한 선교만을 목적으로 하는 상술처럼 여겨진다. 사람이 하는 일이란 다 그럴까. 모든 욕심을 버리고 수행하는 수도자라면 모를까, 현세의 행복을 추구하며 살아가는 사람이 하는 일이다. 욕심을 채우는 게 행복인 것으로 생각하기 쉬운 것이 인간이기에 결국은 종교의 본질을 잊어버리게 되는 것이 아닌가.

스피커도 없고 북적이는 관광객들의 발걸음도 없는 새벽, 간월암의 법당엔 목탁과 염불 소리만 고요하다. 절하기 위해 움직일 때마다 옷자락 스치는 소리만이 간간이 들려올 뿐이다. 언젠가 절에서 가졌던 생각이 떠올라 아무것도 기원하지 않기로 했다. 엄숙하게 절을 올리고 경건한 마음으로 불경을 함께 읽으며 명상하는 시간을 보낸다.

마음을 비우자고 툭툭 털면 홀가분해졌다가도 생활 속에 욕심은 다시 똬리를 틀고 번민을 불러 들이곤 한다. 문장 하나가 떠오른다. 지은 업장도 많은데 또 무얼 바라는가. 누가 한 말인지는 모르나 떠오르는 문장이 끝없는 하늘처럼 심오하게 느껴진다.

검은빛 바다 위에 떠서 맑는 새벽 공기가 스님의 염불처럼 청명하다. 마음이 가벼워진다.

톳 캐는 날

날씨가 좋아져서 다행이다. 전날은 비가 내려서 동네 사람들 모두 비옷을 입고 나와 작업해야 했다. 언제 그랬냐는 듯 좋아진 날씨 덕분에 일하면서도 한 폭의 풍경화 속에 있는 기분이다. 햇살은 물결이 적신 까만 바위와 거기에 기대 사는 동식물을 비추며 은빛으로 반짝거린다.

톳은 예년과 다른 모습으로 자라고 있었다. 기대했던 곳에는 몽당빗자루 모양으로 녹아 버렸고, 생각지 않았던 곳에선 새롭게 돋아나 풍성하다. 사람들은 탐정처럼 톳이 없는 원인을 좇아 한 마디씩 내던진다. 어떤 곳은 쾌속 여객선으로 인한 너울의 피해 일 거라 하고, 어떤 곳은 베어 간 자국이 선명한 걸 보니 낚시꾼이 그랬을 것이라고 한다. 삼삼오오 일하다가 이따금 걸쭉하고 음탕한 농담이 쏟아질 땐 한바탕 웃음이 자지러진다. 오랜만에 사람들의 와자지껄한 농담에 토끼섬은 안 듣는 척하면서도 귀를 쫑긋 세우고 문주란은 살짝 얼굴을 붉혀 고개 숙인다.

우리가 작업할 구역은 문주란 자생지 토끼섬이다. 삼일 정도 섬을 드나들며 톳 캐기를 마쳤다. 작업하는 동안 날씨가 변덕을 부려 조금은 애를 먹었다. 저녁에 널어놓은 톳이 밤사이 쏟아진 비에 흠뻑 젖어버린 일도 있었다. 일기예보에도 하늘의 표정에도 비가 없었는데 속은 것인가. 비는 오래 내리지 않아 건조할 시간을 내어주니 품질이 떨어질 정도는 아니어서 그나마 다행이다.

대부분의 톳은 일본으로 수출된다. 그러기에 생산량이나 소비량도 물론 중요하지만, 엔화 환율의 고저는 수입액에 커다란 영향을 미치게 된다. 요즘 엔화 가치가 뚝 떨어진 상태라 톳값도 좋지는 않을 것 같다. 판매 대금은 마을 행정에 필요한 비용을 우선 공제하고 잔액은 주민들의 손으로 분배된다. 톳은 수입원이 한정돼 있던 옛 시절 마을 행정비를 위해 없어서는 안 될 중요한 자원이었다. 그때는 수확량도 많았고 일할 사람도 많아 톳 작업을 하는 날은 마을의 커다란 행사였다고 한다. 온종일을 바다에서 보냈노라며 그리운 듯 옛일을 더듬어내는 어른도 계셨다. 일찌감치 바닷가로 내려가 썰물 때를 기다리며 시원한 막걸리도 들이켜고 씨름판도 벌였다고 한다. 일손이 모자라 어떻게 캐어 올리느냐고 우왕좌왕 대책을 공론하던 중에 내놓는 아스라한 추억담이다.

　마을에 젊은 인력은 몇 되지 않는다. 남아 있는 사람들도 바다와 밭에서 나는 수입이 전부였던 시절과는 달리 매우 바쁘다. 경제성으로 따지자면 마을 공동 작업에 참여하느니 벌금으로 해결하는 게 훨씬 낫다. 공동 일이니 참여해야 한다는 의무감마저 없었다면 시골 마을의 정겨운 풍경은 이미 사라져버렸을 것이다. 내년부터는 개인에게 넘겨 버렸으면 좋겠다는 의견도 나온다. 그러나 살 사람도 없을 거라며 걱정부터 앞세운다. "공동체를 지탱하는 힘은 공동자산을 생산하는 노동력에 있다."라는 말이 실감난다. 노동력이 없으면 마을 공동체는 해체될 수밖에 없다는 말이다.

솔직히 전부터 마을 일에 적극적으로 참여해 왔던 것은 아니다. 평일은 직장에 가야 했고 공휴일에는 나름 개인적인 일도 봐야 했다. 어쩌다 마을 일을 한다는 소식을 들으면 미리 잡아놓은 약속 때문에 망설였고, 결국 벌금으로 해결하기 십상이었다. 부역을 해야 할 때 결석하는 집은 동네의 향약이나 의결에 따라 벌금을 낸다.

이제 마흔 중반을 넘기다 보니 격식을 따지지 않고 나누는 정이 그리워진 모양이다. 언제부턴지 모르게 싫어하던 빙떡의 오묘한 맛을 알게 된 것과 같다고나 할까. 이웃과 어울리며 살아가는 즐거움은 아마도 몸국*의 맛과 닮았다 할 수 있겠다. 경조사나 마을 일 때문에 시간을 뺏긴다는 생각의 불만은 어느새 사람들과 친밀하게 살아가는 행복으로 바뀌었다. 이웃집 속사정을 다 알만큼 열어놓고 사는 모습은 농어촌만이 간직할 수 있는 미풍양속일 것이다.

일할 사람이 줄어든다고 인구까지 줄기만 한 건 아니다. 몇 년 사이 우리 동네에도 빈집이 거의 없어지고 인구가 늘었다. 작년

---

* 몸국 : 제주도 토속 음식.

통계를 보면 제주를 찾는 관광객이 천이백만 명을 넘어섰다고 한다. 이와 함께 농어촌 곳곳으로 이주해 오는 뭍사람들도 많아지고 있다. 제주를 살기 좋은 곳이라 여기고 들어오니 고마운 일이다. 더군다나 농어촌 사람들 틈으로 들어오는 젊은 부부들은 더욱 고맙다. 고요하던 골목에서 아이들 소리가 난다.

마을에 낯선 사람들이 점점 늘어간다. 그러나 어느 집으로 이사 온 누구인지 알 수가 없다. 상업적으로 잠시 머물다가 떠날 사람처럼 보인다. 제주의 풍광은 좋은데 시골 사람들의 생활방식은 마음에 안 드는 것일까? 인사도 없이 얼굴도 모른 채 지내니 마주쳐도 관광객으로 생각하기 십상이다. 갯바위로 나가 톳이 길다느니 짧다느니 정담을 나누던 동네 사람이 사라져 가듯 시골다움이 사라져간다. 마을 안길을 걷는 낯선 사람들의 모습이 생경하다.

3부
꽃보다
사람

별 헤는 밤

아들과 통화를 마치고 개운치 않은 마음에 마당으로 나섰다. 무더웠던 열기는 까마득히 물러갔다. 어느새 겨울 채비를 염려해야 할 만큼 싸늘한 공기가 몸을 움츠리게 한다. 별빛이 더욱 총총해진 하늘을 보니 지난해의 일이 떠오른다.

딱 이맘때였다. 밤늦게 학원에서 돌아온 아들이 바쁜 내 팔을 잡아끌었다. "잠깐만 나와 봐. 보여줄 게 있어. 잠깐이면 돼." 늦은 설거지를 하던 손에 고무장갑을 간신히 벗어 던지며 깜깜한 마당으로 끌려 나왔다. 이놈이 뭔 장난을 치려나 싶은 생각에 속으로는 벼르고 있었다. 아마도 어두운 곳으로 데리고 가는 걸 보니 무서운 얘기로 놀래주고 뛰어들어오겠지. 그랬다간 바쁜 엄마 시간 낭비하게 한 죄 톡톡히 물으리라.

마당에 나가서도 장소를 가려 "여기 말고, 음~ 저기가 좋겠다." 하면서 시야가 가리지 않는 널찍한 곳으로 이끌고 간다. "저~기 별들 봐봐, 많지?" 손가락으로 하늘을 가리키며 자기가 만들어 놓기라도 한 양 자랑스러운 표정으로 나를 보았다. 그러면서 북극성을 찾아보란다.

"음…, 카시오페이아가 어딨지? 카시오페이아에서…." 단번에 못 찾겠다 하려니 체면이 구겨지는 것 같다. "북두칠성은 어디 간 거야? 음…." 학창시절 배웠던 기억을 되살리며 찾는 시늉을 해보지만 얼른 찾을 수 없다. "엄마, 카시오페이아는 저기 있고~, 저기 봐. 특별히 밝은 별~ 저게 북극성이야. 별이 참 많지?" 아들의 눈이 별처럼 반짝거린다. 내 눈은 아들의 손가락을 따라 별무리를 더듬고, 북극성은 영롱한 빛으로 우리를 내려다본다. 알고 있다는 듯이 별을 찾으려던 나의 행동에 피식 멋쩍은 웃음이

나온다.

바쁘더라도 한 번씩 밤하늘을 올려다보는 여유, "별 하나에 추억과 별 하나에 사랑과 별 하나에 쓸쓸함과 별 하나에 동경과⋯." 아름답게 반짝거리는 별들을 세며 누구나 알 법한 시 한 구절 읊어보는 시간, 그런 행복은 돈도 필요하지 않다. 다만 마음에 조금의 여유만 두면 될 뿐이다. "고맙다, 예쁜 별 보게 해 줘서." 라고 말하며 아들의 어깨를 살짝 안아주었다.

내게 별을 보여주었던 그 아들이 시내에 있는 고등학교에 입학 하면서 떨어져 지낸 지 수개월째다. 공부 잘하는 도시 아이들을 따라잡아야 한다는 생각에 엄마는 매일 조바심을 낸다. 시야에서 벗어난 아들이 어떻게 생활하고 있는지 늘 염려되지 않을 수 없 다. 수행평가 준비하라고 얼마 전에 설치해 준 컴퓨터가 오히려 공부에 방해가 되는 건 아닌지 요즘은 그것이 또 마음 쓰인다. 이런 엄마의 마음을 아들이 헤아리고 있을까.

조금 전 아들과의 대화를 떠올려 본다. 늦게까지 공부를 하다 가 집으로 가는 아들에게 시간 아껴 열심히 생활하라고 말했다. 게임 같은 건 아예 할 생각 말았으면 좋겠다고 또 노파심 어린 주문을 했다. "엄마 걱정하지 마세요. 성적이 꾸준히 오르고 있잖

아요." "찬아, 한 계단씩 한 계단씩 오르기엔 시간이 너무 짧아."
아, 달리는 말에 이 무슨 채찍이란 말인가?

　나도 아들에게 별을 안겨주고 싶다. "찬아, 잠깐만 멈추고 하늘
을 올려다봐. 숨을 크게 쉬고 빛나는 별 무리를 안아보렴. 엄마도
공부만이 전부라고 생각하는 건 아니야. 영롱한 별을 보며 아름
답다고 느끼는 마음, 그 아름다운 것들을 누군가에게 보여주고
싶어 하는 그런 마음으로 살아가는 것, 사실은 그게 너의 인생에
더 중요하다고 생각해."

　두 팔을 벌리고 살포시 눈을 감는다. 작년에 함께 보았던 별
무리인가. 와르르 쏟아져 내린다.

나이테

나이가 훈장이냐고 말하는 이도 있다. 하지만 함부로 생각할 것도 아니다. 세월의 더께가 쌓이는 만큼 세상 이치를 터득하는 바도 많을 것이기 때문이다.

손끝으로 만져보고 살펴보기를 몇 차례인가. 그러다가 바늘 끝으로 쑤셔 본 것만 해도 대여섯 번은 되는 것 같다. 주삿바늘이 들어갔다 나온 자리엔 영락없이 거즈와 반창고를 붙여 놓았다.

환자는 "아프다 그만해라." 하고 두 명의 실습생은 지켜보고 있다. 간호사는 양쪽 팔다리를 샅샅이 살피고 문지르며 혈관을 찾느라 진땀을 뺀다. 파릇파릇한 예쁜 얼굴에 제법 아무지게 잘해 낼 것 같은 폼이건만 쉽지가 않다. 주삿바늘이 잘못 들어갔다 나올 때마다 내 마음도 바늘에 찔린 듯 움찔거린다. 간호사의 자존심도 염려스럽다.

어머니에게서 혈관을 찾아내는 게 여간 어려운 일이 아니란 걸 알기에 기도하는 마음으로 지켜볼 뿐이다. 애쓰던 간호사가 좀 쉬었다 해보자며 나갔다가 들어 왔건만 역시 쉽지가 않다. 다시 이리저리 살피다가 두 번쯤 피만 보이고 실패했을 때, 나이 지긋한 간호사가 들어와서 주사기를 넘겨받는다. 구원을 요청하고 왔던 모양이다. 나이 든 간호사는 잠깐 살피는가 싶더니 지그시 바늘을 넣어 단번에 성공한다. 나도 모르게 안도와 감사의 마음이 섞여 감탄사가 절로 나왔다. 나이 든 간호사는 겸연쩍은 듯 "어쩌다 실수로 들어갔네요. 김 간호사가 잘 찾는데 워낙 혈관이 없으서서…." 하고는 살짝 웃는다. 겸손함까지 갖춘 간호사의 노련한 모습에서 연륜의 멋을 느낀다.

연륜에 대해 깊이 생각해 본 건 몇 개월 전이었다. 동네 어른

한 분이 모친상을 당하고 장례를 치르는 날이었다. 농촌이라 들
에는 해야 할 일이 많았고 날씨는 화창했다. 밭에 나가 일하면
좋을 날이었음에도 불구하고 장지에는 많은 사람이 참석하였다.
장례가 끝나갈 즈음, 상제이신 동네 어른은 돌아다니며 고맙다는
인사를 하고 있었다. 그때 문득 연륜이란 단어가 존경심을 업고
저릿하게 다가왔다. 밭일과 바닷일로 척박하게 살아왔지만 자연
스레 몸에 익힌 도리였을 것이다. 누구나 그럴 법한 일인데 존경
심이라니 무슨 말이냐고 반문할지도 모르겠다. 당연한 일인 것
같은데도 그러지 못했던 내 시어머니 장례식 때의 일이 떠올랐기
때문이다.

　찔레꽃 하얀 잎이 서글프게 피어나던 오월이었다. 그날도 많은
사람이 참석해 주었다. 시어머니를 안치하고 한 삽씩 흙으로 덮
기 시작했을 때, 갑자기 고아가 돼버린 것 같은 슬픔이 밀려왔다.
16년간 우리 부부에게 큰 그늘이 되어 주셨던 어머니였다. 인적
없는 들에다 어머니를 묻어 두고 돌아서야 한다는 생각에 울음이
터져 나왔다. 발만 구르지 않았을 뿐, 그야말로 돌려달라고 떼쓰
는 어린아이처럼 쇠 울음 같은 소리로 울부짖었다.

　슬픔이 북받치더라도 더러는 목울대 아래로 삼킬 줄 알아야

했는데 전혀 그러지 못했다. 울음을 멈출 수가 없었다. 참석해 주신 분들께 고맙다는 인사는커녕 누가 왔다 갔는지조차 모를 정도로 주위를 살필 경황이 없었다. 아니 아무 생각도 하지 못했다. 그렇게도 성숙하지 못했나 싶으니 그날의 기억은 부끄럽기만 하다. 고작 오륙 년 전의 일인데 그때는 너무 철이 없었다.

감정을 절제하지 못하고 가벼워지는 것, 그 가벼움이 나잇값을 못한다는 소리까지 듣게 한다. 나무는 해를 보내면서 나이테가 늘고 둥치가 굵어진다. 아름드리 노목을 단지 나무로 보지 않고 신령스럽게 생각하는 것은 나이테가 쌓아온 위엄 때문이리라. 나무는 말이 없으므로 가볍지가 않다. 어떤 일에도 요란하지 않으므로 최소한 나잇값을 못하는 일은 없다.

침묵으로 인고의 세월을 살아온 나무에게서 신령스러운 느낌을 받는 것은 당연하다. 그렇게 깨달으면서 인생의 연륜은 쌓여져 가는 건가 싶다. 살면서 겪는 크고 작은 일에서 배우고 진중하게 실천한다는 건 주름지는 골짜기마다 지혜로 채우는 일이다.

아름다운 세상

공항에서 돌아오는 길이었다. 집에 도착하기 전 저녁거리를 위해 마트에 들러 장을 보았다. 계산대에 섰다가 휴대폰이 없는 것을 알고 가슴이 철렁 내려앉았다. 휴대폰 케이스에는 몇 장의 신용카드와 신분증도 들어있었다. 얼른 차로 가서 배낭을 뒤졌지만 그 안에도 없다는 것을 확인하고는 기억을 더듬기 시작했다. 비행기에서 내릴 때는 분명 손에 들고 있었다.

그렇다면 바로 화장실이다. 일행이 화물로 맡겼던 가방 하나만 찾으면 인사를 나누고 해산해야 했다. 그사이 화장실에 다녀오려는 심산으로 서둘렀다. 그때 화장실 안에 두고 온 것이 분명하다.

휴대폰을 잃어버리니 더없이 커다란 것을 상실한 것같이 아찔하고 막막하다. 알고 있는 연락처라곤 남편과 두 아들뿐이다. 남편한테 연락하니 동행해 주어 공항으로 가기는 하지만, 머릿속으로는 분실을 확신하고 있었다. 지금이 어떤 세상인가, 엊그제도 TV를 보니 휴대폰을 훔쳐 게임 머니를 충전하거나 중고 폰으로 매매하는 사례가 보도되지 않던가. 공항까지 가는 동안 카드 분실신고를 하고, 웹으로 저장하지 못한 사진이며 메모며 연락처들이 얼마나 될까를 가늠해 보았다. 한 달쯤 전에 한번 웹으로 저장해 놓았으니 크게 염려될 것은 없다. 내일 당장 새 휴대폰을 사면 된다고 스스로 마음을 달래고 있었다.

공항에 도착하니 짐 찾는 곳에는 들어갈 수가 없다. 출입문을 지키고 섰던 경비원이 안으로 연락해서 화장실 안을 확인하도록 하고 기다렸다. 잠시 후 없다는 답변이 돌아왔다. 경비원은 두 시간 이상이나 지났으니 없는 게 당연하다는 말을 덧붙이고는 문을 지키는 일에 전념하였다. 찾을 수 없을 거라고 짐작은 했지만,

한 시간 가량을 달려왔기에 바로 돌아서기는 아쉬웠다. 아니, 휴대폰 분실로 인해 당분간 겪어야 할 불편함과 수고와 시간적·경제적 손해를 생각하니 뭐라도 해봐야 할 것 같았다. 잠시 머뭇거리다가 혹시 습득물을 맡기는 곳은 없는지 물었다. 경비원은 먼 곳을 가리키며 끝쪽으로 가보라고 한다. 실낱같은 희망을 품고, 마지막 확인을 하고 돌아가자는 생각으로 빠른 걸음을 옮겼다. 유리 벽 안에 두 아가씨가 창구를 지키고 앉아있다.

휴대폰을 잃어버렸노라며 말을 이으려 하자 "혹시 빨간색 휴대폰이세요? 안에 신분증이 있던데 성함이 어떻게 되세요?"라고 묻는다. 희망이 가득 생겼다. 이름을 대자 다른 아가씨가 안으로 들어가 빨간색 케이스의 휴대폰을 들고 나온다. 어떤 아가씨가 맡기고 갔다는 것이다. 멀리서 봐도 내 손때가 묻어 있는 정겨운 나의 휴대폰이다. 두세 시간 만에 찾은 물건이 그렇게 반가울 수가 없다. 맡기고 간 아가씨의 마음이 감동적일 만큼 고마웠고, 세상이 다 아름답게 느껴지는 순간이다. '지금이 어떤 세상인가? 없는 게 당연하지.'라고 생각했었는데 아직도 세상은 아름다운 모습으로 돌아가고 있었다. 감출 수 없는 감격의 기쁨은 곧 나를 돌아보게 한다.

나는 다른 사람의 마음에 아름다운 세상이라고 느낄 만한 감동을 준 적이 있는가. 감동은 무기를 든 강도를 때려잡거나, 강물에 뛰어들어 사고당한 차 안에서 사람을 구출하는 등의 크고 위험한 일에서만 찾을 수 있는 것은 아니다. 조그맣고 가벼운 일, 분실물을 습득하여 맡겨 주거나 쓰러져 있는 사람을 위해 신고하고 걱정해 주는 일처럼 쉬운 일에서 피어나는 것이다. 내게는 쓸모없는 것도 당사자에겐 세상 모든 것처럼 소중하기도 하고 때로는 목숨을 살리는 일이 되기도 한다. 작지만 감동적인 기쁨을 줄 수 있는 마음, 그런 마음들이 모여 아름다운 세상이 만들어진다는 것을 깨달은 기나긴 하루였다.

꽃보다 사람

문학 행사에 참석하기 위해 서귀포에 갔다. 한라산 남쪽에 있는 서귀포의 가로수는 이미 가지마다 꽃봉오리를 매달고 있다. 망울망울 달린 것들과 이따금 팝콘처럼 함박만해지는 꽃들을 보니 가슴이 설렌다. '아, 역시 봄은 남으로부터 오는구나!' 만고불변의 법칙에 감탄하며 뭉클한 감동에 젖었다.

우리 마당에도 봄꽃이 너도나도 다투어 피어나고 있다. 지천에 떠들썩한 꽃들의 화사함에 들떠서 손님맞이라도 할 듯이 집안에 쌓인 먼지를 털어낸다. 라디오를 켜놓고 분주하게 움직이는 내 귀에 '기회는 사람으로부터 온다.'는 말이 윙윙거리는 청소기의 소음과 함께 스쳐 지나간다.

문득 3년 전 이맘때쯤 일이 떠오른다. 퇴근 시간이 될 무렵 내가 근무하는 어촌계로 한 여성이 찾아왔다. 일본에서 공부하는 우리나라 여학생인데 며칠간 제주를 방문하여 어촌과 해녀들의 생활에 대한 자료를 수집하고 있노라고 했다. 몇 가지 질문에 대해 나름 아는 대로 성심껏 답해 주었더니 고맙다며 머물 곳을 물었다.

어촌계에서 운영하는 펜션으로 안내해 주었다. 펜션 주변에는 식당도 뜸하고 슈퍼마켓도 없다. 게다가 이동 수단도 불편한 곳이라 내 집으로 데려와서 저녁 식사를 함께했다. 다음 날 아침에 먹을 라면과 김치를 챙겨 펜션까지 태워다 주었다.

한 달쯤 후 뜻하지 않은 편지 한 통이 사무실로 날아들었다. 일본으로 돌아간 그녀가 고맙다는 인사말을 보내온 것이다.

그사이 내게는 고민이 하나 생겨 있었다. 인터넷을 통해 중고로 구입한 니콘 카메라 CCD에 고장이 발생한 것인데 정품이 아니라는 점이 문제가 되었다. 니콘 대리점에서는 내수품인 경우 부품을 조달하지 않기 때문에 수리가 불가하다고 한다. 새로 구입하는 것이 낫다고 했다. 일본으로 보내자니 지인도 없는 데다 수리비용도 감 잡을 수 없어 막막하니 버리는 게 나을 것도 같았다. 사진을 배우며 찍는 일에 한창 흥미를 붙이고 있던 터라 고민이 아닐 수 없었다.

이때 마침 일본에서 보낸 편지를 받게 된 것이다. 절친한 사이가 아니라 망설여지기는 했으나, 카메라에 대한 고민을 살짝 적어 이메일 주소와 함께 보냈더니 금방 답변이 왔다. 보내 보라는 것이다.

카메라가 일본으로 건너가서 수리되어 오는 데는 20일 정도가 소요되었다. 수리비용은 우송료가 전부다. 어렵던 문제가 아주 쉽게 해결되었다. 그지없이 기쁘고 고마운 일이다.

만남과 인연에 대한 중요성을 다시금 실감케 하였다. 중대한 일은 아니었지만 "어느 구름에 비가 들었는지 모를 일"이라는 옛 말씀이 생각났다. 만나고 스치는 수많은 사람 중에 어느 누구에게 도움을 주고받는 일이 생길지 알 수 없는 일이다.

사람 간의 인연을 소중히 생각하는 마음은 분명 사람을 귀히

대하는 마음을 만들 것이다. 봄볕 아래 화사하게 벚꽃이 눈부시다. 순결한 듯 유백색의 빛으로 고귀함을 더하는 목련, 그 밖에도 갖가지 향기와 빛깔을 가진 크고 작은 꽃들이 가슴을 설레게 하는 계절이다.

꽃들에 취해 마음이 들뜨면서도 꽃보다 더 아름답고 고귀한 것은 곱게 맺어진 사람과의 인연이 아닐까 생각해 본다. 봄은 남으로부터 오고, 기회는 사람으로부터 온다는 말을 다시 되새겨 보는 꽃잎 흥건한 봄날이다.

소통의 조건

우리 민박집에 러시아인 가족이 일주일을 머물고 간 적이 있다. 부부와 딸·아들, 그들은 통역할 가이드나 렌터카도 없이 막막하게 들이닥쳤다. 흔히들 바디 랭귀지는 세계만국의 공통어라고 말한다. 언어는 달라도 바디 랭귀지로 다 통하게 돼 있다고. 그러나 실은 그렇지 않았다. 러시아인 아빠는 계속 뭐라고 말을 해대는데 도무지 무슨 말인지 알아들을 수가 없다. 영어라면 간혹 한두 단어씩은 알아듣고 짐작이라도 해볼 텐데 러시아어는 도대체 깜깜하기만 하다. 할 수 없이 방을 예약했던 한국인과 전화 연결을 해서 그의 이름은 스타스이며 마트에 가고 싶어 한다는 걸 알아냈다.

다음날부터는 그 한국인마저 러시아로 떠나버리는 바람에 스타스와의 소통이 끊길 상황이다. 궁하면 통한다고 했던가. 남편이 어떻게 알았는지 1588-5644 통역 서비스를 활용해 간혹 도움을 받았고, 스타스는 딸을 내세워 노트북을 이용해 구글 번역기를 활용하였다.

스타스는 딸 자랑을 늘어놓았다. 방으로 가서 메달 꾸러미를 들고 와서는 딸 발리나가 받은 거라며 알아듣지 못하는 말로 아주 길게 이야기한다. 부산에서 열린 공수도 시합에서 받은 메달들이었다. 저녁에 그들의 가든파티에 우리 부부를 초대했다. 전날 마트에서 사 온 고기를 아빠 스타스가 저미고 양념하여 재워두었던 스테이크 바베큐 파티였다. 그의 딸과 아들은 공수도 시범을 보이기도 하고, 싸이의 〈강남스타일〉과 〈젠틀맨〉을 틀어 놓고 춤을 공연하기도 했다. 그렇게 이틀 사흘 나흘…. 시간이 지나는 동안 서로를 약간씩 알아가기 시작했고 손짓과 몸짓 표정으로의 소통, 이른바 바디 랭귀지가 통하기 시작하였다.

상대방과의 교감이랄까. 서로를 경험하고 알아갈 때 비로소 손짓·몸짓·표정으로 읽어 낼 수 있는 깊이가 다르겠다는 생각을 한다. 서로를 알기에는 너무도 짧은 기간이었기에 깊이 알 수는 없었다. 서로를 향한 관심과 배려하려는 노력이 있었기에 다른 언어와 문화 차이에도 불구하고 인간적인 정을 나누었고, 좋은 추억을 간직한 채 아쉬운 마음으로 이별하였다.

하루는 동생네 가족이 모처럼 놀러 왔다. 승용차로 대략 한 시간 반 거리에 사는데 시간적 여유를 가지고 만나기가 그다지 쉽지 않다. 서로 자기 삶을 챙기느라 바쁘게 살다 보니 꼭 봐야 할 집안일이 생겼을 때 잠깐 보는 것이 고작이다. 어렵게 하룻밤의 여유를 가지고 가족 모두를 대동하여 찾아와 준 동생이 무척 반가웠다. 그들 중에는 뽕자도 있었다. 동생이 아파트에서 10여 년을 함께 데리고 사는 애완견이다. 한여름에 가뭄까지 겹쳐 숨이 턱턱 막히는 무더운 날씨에 개까지 방 안에 재워 줘야 하게 생겼다.

오랜만에 만나 무슨 얘기들을 했는지 기억도 나지 않을 만큼 많은 정담을 나누었다. 동생은 뽕자를 보며 낯선 곳이 불편해서 보채는 것 같다고 염려했다. 그러다 한 번은 목마른 것 같다며 얼른 물을 받아 내민다. 그러자 뽕자는 정말 갈증이 났던 듯 바쁘게 할짝거린다. 개니까 그냥 주인한테 비벼대며 왔다갔다 하는 줄 알았는데 그게 아니었던가 보다. 그 밖에도 동생은 화장실 문제나 끼니 문제와 같은 것을 챙기며 뽕자의 마음을 잘 헤아리는 것 같았다. 같이 살아온 세월이 10여 년이다. 서로 언어는 통하지 않지만, 개의 표정과 행동에서 그 마음을 읽어 낼 수 있다는 게 이해가 간다.

그렇게 치자면 남편과는 20년 가량을 부대끼며 살아왔다. 말 안 해도 척척 서로의 생각을 알아야 할 때도 됐으련만 가끔 동문서답이 오간다. 목소리가 높아지고 감정이 상하기도 한다. 그건 왜일까? 다른 언어를 사용하는 외국인도 아니고, 행동과 표정만으로 얘기하는 애완견도 아닌데 소통이 되지 않는 것이다. 곰곰이 생각해 보면, 상대의 생각을 받아들이고 싶지 않을 때 그런 문제가 생겼던 것 같다.

상대가 하는 말을 진지하게 받아들이고 이해하려는 마음이 없으면 당연한 일이다. 익숙한 언어도 외면하고자 할 때는 제대로 해석할 수 없을 터이다. 서로를 알더라도 관심과 배려가 없으면 소통은 불통이 되고 마는 게 마땅한 일이다.

동생이 뽕자의 행동 하나하나 살피며 헤아려 주듯 부부간에도
그런 정성이 필요할 것 같다

텃밭을 가꾸며

이른 아침부터 마음먹고 부지런을 떤다. 우리 집 마당 한쪽에는 다섯 평이 채 안 되는 텃밭이 있다. 매일 생겨나는 음식물 찌꺼기를 버리지 않고 늘 텃밭에다 묻었다. 그래서인지 반쪽 가량 심어 놓은 고구마 줄기가 무성하다. 나머지 반쪽 땅이 아직 비어 있다. 양파를 수확했던 자리다. 물론 양파는 시어머니께서 심어 놓으셨다.

그 자리에다 마늘을 심기 위해 삽으로 뒤집고 괭이로 일구었다. 얻어다 놓은 유기농 비료도 밑거름으로 뿌려 놓았다. 전에는 가까이 사시던 시어머니께서 다 해 주셨던 일이다. 텃밭 정리를 하다 보니 시어머니 생각이 나서 눈물이 나왔다.

　새집을 지었을 때 시어머니께서는 텃밭을 만들지 않았다고 불만이었다. 건물 자리를 제외한 공간은 나무 몇 그루와 잔디를 심어 조경해 놓았다. 어느 날 퇴근해 보니 시어머니께서 마당 한쪽에다 제초제를 뿌려 놓으셨다. 뿌리까지 없애는 약이다. 잔디를 없애고 텃밭으로 만들기 위해서다. 남편은 잔디가 노랗게 되자 어머니의 뜻대로 삽으로 엎어 아주 작은 텃밭을 만들었다.

　나는 안 그래도 꽃을 심을 자리가 필요했던 터라 얼른 한쪽에다 꽃씨를 심었다. 어느 날 퇴근해 보니 꽃씨 심었던 자리에는 넓은 이랑이 만들어지고 상추랑 무 씨앗이 파종되어 있다. 어쩔 수 없이 다음에는 마당과 텃밭의 경계를 아주 조금 차지하여 꽃나무를 얻어다 심어 놓았다. 시어머니께서는 그것마저도 인정사정없이 파헤치고 말았다. 텃밭을 빙 둘러 옥수수 씨앗을 심어 놓으신 것이다. 물론 손자들을 위해서다. 어머니께 너무하신다고 볼멘소리로 항의해 보았지만 대수롭지 않게 웃어넘기신다. 텃밭으로 만들기 이전에 남편이 심어 놓았던 동백나무 두 그루도 시어머니의 손에 의해 톱질 되어 나가떨어졌다. 그늘이 지면 농사가 안 된다는 이유다.

어쩔 수 없이 텃밭 옆의 잔디를 뒤엎어 나만의 꽃 심을 자리를 만들었다. 마당의 잔디 면적은 내가 꽃 심을 자리를 더 필요로 할 때마다 한 삽씩 뒤집어져 야금야금 줄어들었다. 샐비어, 금잔화, 꽃잔디, 봉숭아, 나팔꽃과 이름 모를 몇 가지 꽃들이 조금씩 자리 잡았다.

오늘 텃밭을 일구며 생각해 보니 몇 년간 꽃이 있던 자리에 고추, 가지, 방울토마토가 무성하게 열매를 달고 있었다. 시어머니께서 하신 일이 아니다. 지난봄에 꽃이 있을 자리를 파헤치고 모종을 사다 심어 놓은 건 나였다. 텃밭에는 이미 고인이 되신 시어머니께서 마늘이랑 콩, 양파를 아주 조금씩 심어 놓아 공간이 없었던 터라, 주부답게 가계에 필요한 고추며 가지 등을 심어 놓은 것이다.

나이가 들수록 낭만보다는 실리를 따르게 되는 까닭일까, 아니면 실리를 담당해 주셨던 시어머니가 그 역할을 못 하게 되셨기 때문이었을까. 어쨌건 여기까지다. 꽃 심을 자리에 채소가 침범

하는 일을 더는 만들지 않을 테다. 할머니가 되어서도 로맨틱한 삶을 살아가겠노라고 다시 다짐을 해본다.

저녁때쯤엔 마늘심기 작업을 해야겠다. 작년에 시어머니께서 텃밭에다 심어 놓으셨던 마늘이 종자로 준비되어 있다. 어머니가 쪼그리고 앉아 한 알씩 심었던 것처럼 나도 어머니의 마음으로 꾹꾹 눌러 심어 풍성하게 수확하리라.

이쯤 생각하고 있을 때 앞집 할머니 소리가 들린다. 며느리에게 뭐라고 기척을 하면서 들어가신다. 앞집 언니가 부럽다. 우리 시어머니도 좀 더 사셨으면 좋았을 것을…. 가족을 위한 텃밭 걱정, 끼니 걱정, 집 걱정, 매사에 염려하며 돌봐주시던 시어머니의 간섭이 그립다.

시어머니

점심을 먹기 위해 집에 들어서니 빨래가 하얗게 널려 있다. 싱크대 위에 복잡하던 그릇들도 모두 제자리를 찾아 들어가 깔끔하다. 문득 우렁각시가 떠올랐다. 하지만 그 옛날 동화 속의 우렁각시가 다녀갈 리는 만무하다.

보지 않아도 알 일이다. 췌장암 수술을 받고서야 질기디 질긴 밭일과 바닷일을 놓으신 시어머니께서 다녀가신 것이다. 시어머니는 '오몽해사 산다'(부지런해야 산다.)고 생각하는 제주 어머니들의 근성대로 일만 하시다가 병이 나고서야 겨우 일손을 놓으셨다. 그 후로는 수시로 집에 오셔서 빨래 해놓고 모아 둔 쓰레기도 치워 놓았다. 우렁각시처럼 감쪽같이 며느리의 일거리를 덜어 놓곤 하셨다.

어머니는 아침저녁으로 열심히 걷기 운동을 하셨고, 음식도 암에 좋다는 것으로 가려 드시려고 애쓰셨다. 암세포의 전이가 발견됐을 때도 서울에 있는 큰 병원에서 치료받겠다고 말씀하셨다. 그만큼 삶에 대한 의지가 강하셨다. 그러면서도 한편으로는 죽음을 준비하고 계셨는가 보다. 무언가 떠오를 때마다 유언처럼 하나씩 말씀해 두셨다. 초하루 제는 지내지 말고 제사는 아버님 기일에 함께해라. 내가 죽더라도 장롱은 오래지 않은 것이니 버리지 말라는 등 사소한 것들까지 일러두셨다.

언제 수의를 맞추셨는지 바느질이 다 되었다는 연락을 받고 함께 찾으러 갔다. 아주머니는 수의를 처음 대하는 나에게 하나하나 펼쳐 보이며 쓰임새를 설명해 주었다. 손 싸개와 얼굴에 씌우는 두건까지 보고 나니 기분이 묘하다.

손 싸개를 하고 얼굴에 두건을 씌우고 나면 그것으로 이승에서의 인연은 마감되고 마는 것이다. 상처도 많고 한도 많았을 사람의 영혼이 이렇게 허무하게 떠나고 마는 것일까? 영혼은 끝내 어디로 가는 것일까? 사후에도 과연 영혼이란 게 있기는 한 것일까? 의문이 꼬리에 꼬리를 물지만 알 길이 없다. 다만 삶과 죽음은 그다지 멀리 떨어져 있지 않은 것임을 느낄 뿐이다.

수의 앞에서 숙연해진 마음 때문인지 얇은 명주 수의의 장삼 때문인지, 승무를 추는 승려의 모습과 함께 조지훈의 시가 떠올랐다. 하얀 명주 수의는 나비의 가냘픈 날개처럼 날아갈 듯 곱고 성스러워 보였다. 초연한 모습으로 죽음을 준비하는 어머니의 마음도 숭고하게 느껴졌다.

머지않아 다가올 죽음을 각오하는 심정은 분명 두려움과 아쉬움으로 가득하실 것이다. 하지만 그런 내색을 보이지 않으셨다. 남겨지는 자식들을 위해 최대한의 배려만을 생각하시는 것 같다.

차츰 어머니의 통증이 잦아들고 있다. 올봄의 어귀는 어머니의 병고만큼 유난히도 힘들고 더디다. 산고를 견디어 피어난 봄의 생명이 4월의 추위와 폭설에 힘겨워하듯 어머니의 병고도 힘겹다.

어머니는 혼자 거동하기 어려워져서야 겨우 집으로 모시는 걸

허락하셨다. 기력 없이 누워 계신 어머니의 정신력이 급속히 쇠약해져 간다. 예전의 그 꼬장꼬장하던 성품은 간 곳이 없다.

앞으로 견뎌야 할 어머니의 고통이 걱정이다. 그 모습을 지켜봐야 할 일도 두렵다. 누군가의 말처럼 죽는 것이 두려운 것이 아니라, 살아서 죽어가는 것이 정말 두려운 것임을 절감한다. 지성과 인격이 소멸되어 가는 정신적 죽음도 그러하고, 통증으로 괴로워하며 죽어가는 육체적 죽음 역시 그러하다.

누구나 가는 길, 고통 없이 갈 수는 없을까. 죽음을 마주한 어머니에게 신의 가호가 있기를 기도드린다.

아들과 딸

며칠 전에는 은근히 부러운 손님이 오셨다.
예약 받을 적에는 관계를 채 묻지 못해서 부부가 아들 하나 데리
고 오는 것이려니 대충 짐작하고 있었다. 막상 온 것을 보니 예상
밖이었다. 청년 둘이 60대 초반쯤으로 보이는 어머니와 함께 온
것이다. 어머니를 모시고 온 아들 여행객을 대한 건 처음이었다.
그것도 장성한 청년이 말이다.

날이 따뜻해지고 여기저기서 꽃향기가 아슴푸레 피어나기 시작할 때쯤, 민박을 하기 위해 집 단장을 시작하였다. 예정대로 성수기 전 오픈하게 되니 여름 내내 관광객이 바쁘게 들락거렸다. 손님들은 대부분 커플이거나 자녀 한둘을 데리고 오는 부부거나 친구들끼리 오는 경우가 많았다. 부모나 어머니만을 모시고 오는 여행객도 종종 있었는데 알아보면 모두 장인 장모님이지 시부모님은 없었다는 데서 떨떠름한 웃음이 나온다. 병원에 가면 간병인 대부분이 딸이지 며느리인 경우가 드물더라는 말과 일치되는 상황이다.

한 투숙객은 요즘 의료기기 체험하는 곳엘 다니기 때문에 어르신들을 많이 대한다고 한다. 신발이나 가방, 옷 등을 잘 입거나 착용하고 오신 할머니께 "아이고 이 신발 예쁘네요." 혹은 "가방이 참 멋지네요."라고 말하면 한결같이 "응. 우리 딸이 사줬어." 한단다. 잘 차려입은 어르신은 딸이 있는 분이고 그럭저럭한 차림새로 오신 분은 아들만 있는 분이더라는 것이다.

'잘 키운 딸 하나 열 아들 안 부럽다.' 라든지 '딸 둔 부모 비행기 타고 아들 둔 부모 버스 탄다.'는 말이 요즘 생긴 말은 아니다. 물론 사실인 경우도 있었을 테지만, 그래도 어디 아들만 하겠는가 하는 생각 때문에 지어진 말로 생각한다. 아들 선호의식을 잠 재우고자 혹은 아들 없는 부모를 위로하려는 뜻에서 해왔던 말이 아니었을까. 시대가 흐름에 따라 이 말은 명백한 사실이 되어 버린 것 같다.

그랬기에 손님 세 분의 모습은 예상 밖이었고, 두 아들이 기특하기도 하여 그의 어머니께 말을 붙였다. "참, 아들들 잘 키우셨네요. 친구 만나기도 바쁠 나이에 엄마랑 여행을 오다니 정말 행복하십니다." 그랬더니 "아빠가 없으니 애들이 이런 건 잘하려고 애쓰네요." 한다. "큰애는 공무원이고 작은애는 아직 학생이에요. 작년에는 큰애가 나만 데리고 여행을 하는 바람에 작은애가 불만이었답니다. 올해는 작은애도 함께 왔어요."라며 자랑도 슬쩍 곁들인다. 딸이라면 그다지 특이한 일이라 여기지 않았을 테지만 아들 둘이서 엄마 모시고 여행을 떠나 온 일에 대해서는 무심코 넘겨지지 않는다.

나는 아들만 둘이다. 딸 하나 있었으면 좋겠다는 생각이 들기도 했지만, 자식 하나 더 낳아 키울 일을 떠올리면 아득해져서 일찌감치 마음을 접었다. 딸 가진 부모들이 누리는 아기자기한 기쁨과 즐거움을 포기하는 대신 좀 더 일찍부터 자유로워지고 싶어서이기도 했다. 아들 녀석들이 좀 챙겨주면 다행이고 그렇지 않으면 어쩔 수 없는 일이니 기대하지도 말자고 해놓고선 그게 또 그렇게 되지 않는다. 생일이 되면 엄마 생일 축하해요, 결혼기념일이 되면 "엄마 아빠 두 분의 결혼 축하드려요."라며 자기들 형편에 맞게 성심껏 준비한 선물과 함께 몇 줄 적힌 카드 한 장 받고 싶어진다.

과연 두 아들에게 이런 기대를 한다는 건 과욕일까? 어쩌면 심성 고운 며느릿감을 얻길 바라는 게 확실할지도 모르겠다. 잘 사귀어서 딸처럼 친근한 관계로 만들어 지내면 아들보다 더 나을지도 모를 일이다. 아들 며느리를 앞세워서 산책도 하고, 여행도 하는 그날을 살포시 떠올려 본다.

울림이 되는 한 구절

K 선생님의 문자 메시지는 때마침 내게 필요했던 말이었다. 조금씩 흐려지는 마음을 가다듬고 맑게 정화하기 위해 한 번씩 필요한 해독제 같은 역할을 해 주었던 말이다.

며칠간 분주하게 했던 '해녀 축제 시 - 수화전'을 무사히 마쳤다. 총무로서 챙겨야 할 많은 일을 분담하며 멋지게 행사를 치러 낼 수 있도록 힘이 되어 준 회원들에게 고마운 마음이다.

특히 K 선생님께서 몸을 아끼지 않고 묵묵히 일하시는 모습은 깊은 감명을 주었다. K 선생님은 전부터 건강이 좋지 않으신 데다 며칠 전에는 구급차에 실려 갔을 정도로 몸 상태가 좋지 않으셨다고 한다. 그런데도 불구하고 아침 일찍 나와서 이젤을 설치하여 작품을 내걸고, 의자 위에 올라가 키를 늘려가며 현수막을 다는 모습을 보며 조금은 불안한 생각을 했다. 힘드실 텐데 저래도 괜찮을까, 염려되었지만 내 키는 짧았고 일손은 모자랐기 때문에 그냥 앉아 계시거나 쉬운 일로 하시라고 말릴 수가 없었다. 선생님은 동인지를 발간하거나 어떤 행사를 치르든지 간에 '이 나이에 내가 하리?' 라며 뒷짐 지고 물러서 있는 일이 없다. 시종일관 솔선수범하는 모습이다.

비가 오락가락하는 속에서 이틀 동안의 전시회를 무사히 마쳤다. 다음 날 몸도 불편하신데 묵묵히 힘써주신 데 대한 감사와 존경의 마음을 담아 문자 메시지를 올렸다. 곧바로 "좋은 일을 하면 마음도 젊어지고 기분도 좋아집니다. 좋은 생각 깊이 간직하겠습니다."라는 답변이 왔다. 암 진단을 받고 살 수 있는 날을 2년이라 선고받고도 20년을 넘게 살고 계신 것은 늘 좋은 생각만 하려는 긍정적이고 아름다운 마음 때문이 아닐까 하는 생각이 들었다.

전시회를 마친 날 내게는 좋지 않은 일이 있었다. 어떤 오해가 있었는지 내게 화를 내는 C 회원으로 인해 당황스러웠다. 어처구니없는 일이었다. 그런 일이 있었다는 사실조자 모르는 채 보내온 K 선생님의 문자 메시지였는데 딱 내게 하는 말 같았다. 나의 가슴에 정곡으로 와 닿으며 당장에 C 언니에게 문자를 넣게 하였다. 문자를 보내고 나니 전날 집으로 돌아오는 차 안에서 펑펑 울게 했던 아픔은 온데간데없이 사라졌다.

마음을 바꾸어 생각하니 정말 아무것도 아닌 일이다. 둘 다 잘못이 없는 것 같기도 하고, 둘 다 조금씩 잘못이 있는 것 같기도 하다. 확실한 건 어느 누구도 서로에게 악한 마음을 품지는 않았다는 것이다. 그거면 된다. 마음이 가볍다. 좋은 생각은 스스로를 밝고 기쁘게 만드는 게 확실하다. 그러기에 선생님의 말씀처럼 젊음과 건강이 유지되는 것일 테다.

행사 준비에 바쁘다 보니 어떤 말투가 C 언니의 기분을 섭섭하고 언짢게 했던 모양이다. 하지만 그건 나도 마찬가지였다. 불현듯 나를 대하는 표정과 말투가 매우 언짢은 순간이 있었지만 일에 신경 쓰며 바쁘게 움직이다 보니 곧 잊어버렸다. 행사 기간

동안 내게 화가 나 있다는 것조차 모르고 있었다.

어쩌면 섭섭하다는 것은 상대에게 기대한다는 뜻도 되고, 그것은 그만큼 관심과 애정을 갖고 있다는 뜻도 포함한다. 다시금 마음을 고쳐 먹는다. 깨우쳐 준 K 선생님께 고마운 마음뿐이다.

세월이 가면 다짐은 조금씩 시들고 흐려지게 마련이다. 어느 날 문득 와 닿은 한 구절에서, 또는 누군가의 감동적인 행동에서 다시 정화된다. 언젠가 누군가에게 울림이 되는 말 한 구절로 다가간다는 것은 쉽지 않은 일이다.

그 말 한 구절을 위해 오늘도 자판기 위에 손을 얹고 고심하는 게 아닐까.

희망의 꽃

주민자치 박람회 및 평생학습 축제가 열리고 이틀째 되는 날이다. 각 지역 주민자치단체에서 지역특산물을 홍보하고, 주민자치센터 동아리들이 그간 배운 실력을 발표한다.

공연 참가자들은 대부분 연세가 많은 육칠십대 어르신들이다. 그중에는 80대도 있는 듯 7080이란 글자가 쓰인 플래카드를 흔들며 응원하는 지역단체도 눈에 띈다.

화려하게 분장하고 무대복으로 맞춰 입고 등장하는 모습에서 젊은이 못지않은 열정이 느껴진다. 공연 종목은 기공, 댄스, 전통무용과 민요, 난타 등 다양하다. 60대에서 80대까지 나이 드신 분들의 움직임이 젊은이들만큼 유연하지는 못하다. 그런 건 문제가 아니다. 활력이 있어 보인다. 살아가는 즐거움과 행복이 묻어난다.

농어촌 지역에서 댄스와 민요 등을 배우고 무대에서 발표하며 즐거운 삶을 찾는 노인들이 과연 몇이나 될까? 이렇게 스스로 활동적이고 적극적인 분들은 축복 받은 소수에 불과할 것이란 아쉬운 생각이 든다. 대부분 농어촌 지역의 노인들은 마을 노인정에 가서 일과를 보내는 게 문화생활의 전부다. 건강상태가 좋지 않은 노인들은 그마저도 어렵다.

사회는 점점 고령화 되어가고 있는데 이에 대한 대책은 아직도 미비하다. 공연을 지켜보는 내내 집에 계신 친정 어머니 생각이 났다.

파킨슨병과 약간의 치매 증상, 우울증 등 여러 가지 병으로 어두운 나날을 보내고 계시는 친정 어머니를 위해 복지시설을 이용할 수 있는지 알아본 적이 있다. 신체의 활동 능력과 뇌의 기능이 더욱 악화되지 않도록 하기 위한 노인 전문 프로그램이 있을 것 같아서였다.

하지만 그런 시설은 노인병이 많이 경과되어 스스로 거동할 능력이 없어야 가능했다. 즉 '노인장기요양인정 3등급' 이상을 받아야 이용이 가능하다고 한다. 그때의 어머니 상태로는 '노인장기요양인정 3등급' 인증서를 받을 대상이 못되었다. 병의 진행속도를 늦추기 위하여 복지시설을 이용하려 했는데, 다행인지 불행인지 증상이 아직 심하지 않아 이용할 수 없다니 답답한 일이다. 몇 개월 기간이 경과한 후에서야, 그 인정서를 받게 되었다. 그러나 시설에 드나들며 프로그램에 참여할 수 있을 만큼 건강하지 못한 상태가 돼버렸으니 참 아이러니한 일이다.

건강한 일꾼은 화목한 가정에서 만들어지는 것이라는데, 노인복지에 대한 대책이 마련되지 않는다면 노부모를 모시고 있는 가정을 웃음과 안락함이 있는 화목한 가정으로 지켜주기는 어려울 것이다. 무기력하고 갈 곳이 마땅치 않은 노인들이 누구나 복지 프로그램을 이용할 수 있도록 해야 한다. 시설을 확대하고 문턱을 낮추어야 한다.

웃음보다 더한 치료법은 없다고 한다. 노인들의 무표정한 얼굴에 밝은 웃음을 심어 줄 정책이 필요하다. 즐기는 문화에 서툴고 소극적인 노인들이다. 조금이나마 어두운 생각을 떨치고 웃음을 찾아 밖으로 나서도록 사회의 적극적인 유도가 필요하다.

각 지역 주민자치센터나 평생학습센터에서는 나이 드신 분들을 우선으로 연령대별 프로그램을 마련하여 운영하였으면 한다. 젊어서는 사회에 기여하는 일꾼으로 땀 흘렸을 어르신들이다. 쉬어야 할 때가 되었을 때 즐거운 여생을 보낼 수 있도록 기회를 주어야 하지 않을까. 배우고 활동하며 발표하는 동안 보람을 찾고 살아야 할 가치를 느끼게 될 것이다. 이것이 곧 노인들에게 기력을 생산하여 주고 희망을 심는 일이다. 또한 노인병으로부터 화목한 가정을 지켜내는 한 가지 방법이 될 것이다.

어르신들에게 희망을 심어주는 일은 우선 풀어야 할 중요한 과제이다. 그들은 오늘도 사랑과 희망의 꽃이 피어나기를 기다린다.

부추

이웃에 사시는 할머니께서 찾아오셨다. 한 손에는 지팡이를 짚으시고, 다른 한 손에는 검정 비닐봉지를 들고 내가 근무하는 사무실로 들어오셨다. 나는 해녀가 많은 마을에서 어촌계 일을 보고 있다.

몇 개월 전 마을에서 경로잔치를 벌였다. 사무실 밖으로 잠깐 나갔는데 조금 떨어진 노인정 쪽으로부터 할머니가 걸어오고 계셨다. 그 모습이 예전과 달라 보였다. 짚을 곳을 찾아 팔을 허우적거리며 간신히 발자국을 옮겨 놓으신다. 얼른 다가가서 집까지 부축해 드렸다.

할머니의 사연은 이러했다. 경로잔치를 치르기 위해 마을에서는 마사토가 깔린 마당에다 부직포를 깔아 놓았다. 할머니는 그 부직포에 발이 걸려 넘어졌고 일어날 수가 없더란다. 어떤 이는 일어나지 못하고 있는 자신을 도와줄 생각은 않고 얼른 일어나지 않는다고 핀잔만 주더란다. 노인네의 사정을 헤아리지 못하는 처사가 매정하다며 어려운 걸음을 옮겨 놓으셨다.

그 후 소식을 들으니 할머니는 뼈에 금이 간 상태라 얼마간 입원해 계신다고 했다. 그 할머니께서 찾아오신 것이다.

"나이 들어 아들 내외를 의지하여 같이 산 지 오래되다 보니 따로 가진 것이 없어. 너희 집 텃밭에도 있을 테지만 바빠서 다듬을 시간이 없을 거야. 내가 깨끗이 다듬어서 가져왔다." 하시며 들고 온 검정 비닐봉지를 건네셨다.

들여다보니 부드럽고 연한 부추가 정성스럽게 다듬어져 가지런히 담겨 있다. 할머니의 마음을 차곡차곡 담아 놓은 듯 감동을 주는 뜻밖의 선물이다. 코끝이 찡하다. 그때 부축해드린 것을 그

동안 무엇으로든 보답하지 못해 늘 마음에 두고 계셨을 거란 생각이 든다. 아무것도 아닌 친절이 할머니에겐 크게 자리했던 모양이다.

친정어머니가 우리 집에 와서 며칠 머물고 계실 때였다. 나이도 있으신데 지병까지 있어 온전치 못하였다. 그런 당신께 항상 친절하게 응대하고, 통장도 보관해 주는 우체국 여직원이 고마웠던가 보다. 선물로 스타킹 몇 컬레를 사오셨다. 아마도 양말을 사러 갔는데 센스 있는 점원이 스타킹을 권했던가 보다. 그것을 전달하지 못해 노심초사하셔서 내가 우편물로 발송해드렸다. 그때 어머니의 마음도 할머니의 마음과 같았으리라.

나이가 들면 조그만 친절이 눈물 나게 고마워지기도 하고, 아무것도 아닌 일로 사무치게 섭섭해지기도 하는가 보다. 오래된 기계가 낡아가듯 기능은 무뎌져 가고 행동영역은 좁아진다. 오감이 제 역할을 못하니 때로는 엇듣는 오해로 지나치게 노여워하는 경우도 종종 생긴다. 이래저래 서운해지고 외로운 생각이 들게 마련이다. 그래서 어른들은 늙는 것이 서럽다는 말씀도 하신다.

늙어감은 내게도 예외가 아니다. 피부는 탄력이 사라져 가고 주름이 생긴다. 흰머리는 날로 늘어가고 예전에는 없던 점들이 하나 둘 흠집처럼 생겨난다. 세월은 내 몸을 변화시키며 신체 각 조직의 기능까지도 저하시키고 있음이 역력하다. 그 누구도 녹아드는 세월의 흔적을 막을 수가 없다. 피할 수 없는 '늙음'을 당당하고 멋있게 맞이하는 방법은 없을까. 그것은 곧 영혼을 아름답게 가꾸고 마음을 비우는 연습에 있는 것이 아닐까.

할머니가 건네고 간 부추를 책상 위에 둔 채 어머니께 전화를 걸었다. 어머니는 휴대전화가 익숙하지 않으시다. '사랑하는 어머니, 항상 너그러운 마음으로 밝은 생각만 하세요. 더 이상 건강이 나빠지지 않았으면 좋겠습니다.' 벨이 울리는 동안 간절한 바람을 기도하듯 중얼거린다. 한참 벨이 울리고 나니 어머니의 목소리가 들려온다. 오늘은 저편에서 들려오는 어머니의 목소리가 밝아서 마음이 놓인다.

나는 앞으로 얼마나 부추같이 푸른빛으로 살아갈 수 있을까. 할머니가 주고 가신 부추로 김치를 담가야겠다. 맛있는 부추김치 생각에 벌써 식욕이 돋는다.

4부

카르페
디엠

암호 해독

스마트폰이 나오면서 문자로 대화하는 일이 많아졌다. 무료로 소통할 수 있는 문자 대화는 학생들 사이에서는 물론 일반인들도 일상적으로 사용한다. 양방향 동시적으로 문자를 주고받다 보니 빨라야 한다. 3인 이상이 하는 단체 방에선 더욱 그러하다. 즉각적인 응답을 하려니 문법이나 받침은 생략할 수밖에 없다. 생명은 빠른 소통에 달려 있다. 이모티콘이나 기호도 큰 역할을 한다. 표정이나 몸짓만큼 실감 나는 표현을 해준다. 자음 혹은 문자의 앞글자만을 표기하여 의미를 전달하기도 한다. 말 못지않게 빠른 소통을 이룬다. 그러다 보니 때론 황당한 오해도 생기는 것이다.

아는 동생네 집 이야기다. 부부동반 모임이 있는 날, 시끌벅적하게 떠들고 마시던 중에 자녀들 이야기가 나왔다. 동생의 남편은 중학생 딸이 언제나 시큰둥하고 무슨 말을 해도 대꾸조차 하지 않으려 한다고 푸념을 했다. 애가 이러다 삐뚤게 나가는 건 아닌지 걱정이 돼서 털어놓은 것이다. 그러자 해결 방안이 몇 가지 나왔다.

그중 가장 공감이 가는 방안이 눈높이에 맞춘 대화였다. 요즘 아이들은 카톡으로 대화를 잘하니 카톡을 이용해 보라고 했다. 그것도 아이들처럼 소리 나는 대로 쓰거나 자음자만 쓴다거나 이모티콘을 써가며 대화하면 마음의 문이 열리고 좀 더 친밀해질 것이란다. 정말 그럴듯한 얘기에 동생과 그의 남편은 깊이 수긍하며 고개를 끄덕였다.

그 일이 있고 난 뒤로 동생의 남편은 무뚝뚝한 그의 성격을 누그리고 가끔 문자를 보내기 시작했다. 아빠의 문자를 받은 딸은 '헐~ 아빠도 그런 거 알아?'라는 반응이었다. 차츰 얼었던 부녀 간의 관계가 녹으려 할 때쯤이었다. 학원에 매일 태우러 가던 동생이 그날은 김장을 담그느라 바빠서 남편에게 부탁했다. 남편은 학원 앞에 가서 딸에게 도착했다고 문자를 보냈다, 아주 간단하게 아이들 방식대로 "ㄷㅊ". 그리고는 기다렸다.

딸은 투덜거리며 집으로 왔다. 남편은 딸이 들어왔다는 연락을 받고서야 영문도 모른 채 빈 차로 돌아왔다. 의아한 상황에 이유를 알아보니, 학원 끝났다고 아빠에게 문자를 보냈는데 '닥쳐'라는 답변을 받았단다. 충격적이고 화가 날 법한 일이다. 그러나 동생의 남편으로선 억울한 일 아닌가. 그런 뜻이 아니었노라고 곧바로 해명하고 멋쩍은 웃음으로 오해를 풀었으니 천만다행이다. 황당한 사건이 있고 난 뒤로 부녀간의 관계는 오히려 좋아진 것 같단다.

이야기가 재미있었다. 나는 가족 카톡방에다 'ㄷㅊ'을 쓰고 무슨 뜻인지 질문을 던졌다. '도착 동참' 잠시 후 '당첨?' 고심한 듯한 남편의 답변 몇 개가 먼저 올라왔다. 뒤늦게 카톡을 본 아들의 답변이 올라왔다. '닥쳐, 라는 뜻입니다.' 아이들 사이엔 이미 그렇게 기호화된 것인데 그런 말을 쓸 일이 없는 남편에겐 해독할 수 없는 암호나 다름없었다. 동생네 부녀의 에피소드를 간단히 올려 주었다. 두 아들도 남편도 'ㅋㅋㅋ', 'ㅍㅎㅎ' 자음으로 웃는다.

며칠 전 TV 프로그램에서 김훈 작가를 인터뷰하는 장면을 언뜻 보게 되었다. 그의 일상을 묻는 말에 작가는 '혼술'도 좋아하고, '혼밥'도 잘하며 '혼놀'을 즐긴다고 답하였다. 굳이 풀이하지 않아도 다 알 일이다. 혼자 술 먹기, 혼자 밥 먹기, 혼자 놀기를 앞글자만 따서 줄인 말이다. '엄빠'는 엄마와 아빠를 줄인 말이다. 할마나 할빠는 또 무슨 뜻인지 풀이하지 않아도 대충 알 수 있겠다. 그러나 '생선'이 '생일 선물'이고, '안물안궁'이 '물어보지 않았고, 궁금하지도 않다.'는 뜻인 줄을 어찌 짐작이나 하겠는가? 이보다 어려운 말은 더욱 많아서 TV 개그 프로그램의 한 코너에서 풍자되기도 한다.

이런 상황을 두고 규범을 무시하여 한글을 파괴하고 변질시킨다는 염려의 목소리가 높다. 아이들이 만들어 사용하는 문자의 변화는 한글을 활용한 것이다. 한글의 활용도를 높여 과학적 우수성을 입증한다는 긍정적 해석도 가능하다. 어른들은 어떠한가. 우선 관공서에서 지어낸 용어들도 한글이 아닌 것이 꽤 많다. 스마트그리드니 클린하우스니 하는 용어들은 얼마든지 우리의 한글로도 표현할 수 있는 것들이다. 이러다 한글의 쓰임이 점차로 줄어들고 영어가 그 자리를 차지하는 것은 아닌지 걱정이 될 정도다. 이대로 괜찮을까?

인간과 로봇

아침에 눈을 뜨니 비가 내리고 있다. 비는 소리 없이 차분히 내리며 자연을 적시고 더욱 푸르게 생기를 불어넣는다. 촉촉이 젖은 아침 공기를 흠뻑 들이마신다. 온몸의 세포들이 파릇파릇 싱그러워지는 것 같다. 차분한 기운이 솟는다. 누구보다 내가 더 비를 기다렸던 것 같다. TV에서는 인공지능에 관한 뉴스가 흘러나온다.

얼마 전 이세돌 구단과 인공지능 알파고의 대국이 있은 후, 인공지능에 대해 사람들의 관심이 많아졌다. 대국이 있기 전 사람들은 인공지능을 당해 낼 수 없다는 의견도 많았지만 이세돌의 승을 예견하는 사람도 적지 않았다. 이세돌도 자신이 넘쳤다. 과연 어떻게 될까? 이세돌과 알파고의 대국은 전 세계인의 관심을 집중시켰고 인류의 대표와 인공지능의 대결로 보기도 하였다.

대국 결과는 너무나 극명한 차이를 보였다. 이세돌 구단이 연속적으로 3패를 당한 것이다. 인간이 인공지능을 이긴다는 것은 불가능한 일이라 생각하는 사람이 많아졌고, 인간의 승리를 기대하지 않는 분위기로 흘렀다. 무려 천이백 대의 컴퓨터를 연결해 놓은 인공지능이 한 사람과 겨룬다는 것부터가 반칙이라고도 하였다. 그러나 네 번째 대국에서 이세돌 구단은 기적 같은 승리를 거두었다. 예전 대국들과는 다른 예측 불가능한 변수에 알파고는 항복 선언을 하고 말았다.

이 한 번의 승리는 단순히 바둑 1승으로 보지 않았다. 세계를 지배하려는 로봇과 이에 맞서는 인류저항군의 영웅 이세돌이었다. 절대 이길 수 없을 것 같았던 전쟁에서의 승리였고, 인류의 희망으로 비춰졌다. SF영화에서 위기를 넘기는 정병을 볼 때보다 더 격렬하게 안도하고 기뻐하였다.

인공지능 알파고는 스스로 답습하며 진화하게 되어 있다. 이미 입력된 데이터는 물론이고 지속적으로 입력되는 대국의 과정을 데이터로 모은다. 이를 상상하기 어려운 속도로 분석하여 알고리즘을 만들어 내는 것이다. 감정에 흔들리는 실수란 없다. 그날 컨디션이 아주 좋지 않아 집중할 수 없다든지 마주 앉은 대국 상대가 너무 매력적이라 가슴이 떨린다든지, 그런 이유로 실수하는 일이란 결코 없다. 감정에 휘둘리지 않고 정해진 프로그램에 의해 엄청난 속도로 알고리즘을 찾아 최상의 답을 내놓을 뿐이다.

우리나라 정부도 앞으로 5년간 인공지능 관련 예산에 1조 원을 들인다는 계획을 발표하였다. 이미 인공지능은 우리의 사회에 많은 부분 알게 모르게 사용되고 있다. 늘 함께 생활하는 가전제품에는 물론이고 빅데이터를 분석하여 주식을 관리하고 변호업무를 돕기까지 한다는 것이다. 그러나 머지않아 이것들과는 차원이 다른 인공지능이 보편화할 것이라 한다.

인간 의사보다 더 정확한 진단을 할 것이며 정밀한 수술도 오차 없이 잘해낼 것이다. 스스로 운전하는 차량이 보급화 되고 살림을 알아서 해 줄 뿐만 아니라 사람이 하기 곤란한 일들을 로봇이 척척 해 줄 것이다. 컴퓨터가 하는 일은 날이 갈수록 많아지고 인간이 할 일은 줄어들게 될 것이다. 얼마나 살기 좋은 세상인가.

하지만 이러한 편리성은 이에 따라 감당해야 할 문제들에 부딪치기 전의 기쁨이 아닌가 염려된다. 그만큼 인간은 설 자리를 잃게 되고 존중 받지 못하는 상황이 생길지도 모르겠다. 모든 것에는 장단점이 있고 선과 악은 함께 존재한다. 편리하고 이롭기 위해 개발해내는 산물로 인해 SF영화에서처럼 인류를 위험에 빠뜨리는 일이 생길까 두렵다.

다섯 번째 대국에서 이세돌 구단은 다시 패하고 말았지만, 한 번 이긴 것만으로도 큰 의미를 찾을 수 있지 않을까. 이세돌 구단이 네 번째 대국에서 알파고를 이길 수 있었던 것은 창의적인 생각의 결과다. 창의성은 감성에서 키워진다. 오늘처럼 창밖에 내리는 비를 보면 차분해지거나 우울해지기도 하고, 꽃이 피고 화창한 날엔 소풍이라도 가고 싶어지는 것은 인간만이 느낄 수 있는 감정이다. 이런 감정을 자유롭게 느끼고 배울 때 창의성도 함께 자라는 것이다.

예측 불가능한 변수를 생각하는 창의성은 감정 없는 것에서는 찾을 수 없을 것이다. 그러나 인공지능에 이런 감성과 창의성까지 불어넣는 연구에 도전하고 있다하니 그것도 인간만의 영역이라 자신할 수 없는 상황이다. 과연 인류의 위험한 도전은 어디까지 계속될지 은근히 염려스럽다.

문학을 아는가

문학관 두 곳을 들렀다. 학술제 참석차 나선 길이다. 그중 한 곳이 요산문학관이다.

요산 김정한 선생은 1908년 동래에서 태어나서 1996년에 생을 마감하였다. 일제강점기에 친일파 승려들의 부조리와 농촌의 암담한 현실을 고발하는 소설을 주로 썼다. 1936년에 단편소설 〈사하촌〉으로 등단했고 장편으로는 〈삼별초〉가 있다.

문학관 정문을 들어서자 요산 선생의 생가가 먼저 발길을 붙잡는다. 기와로 된 전통 가옥을 복원해 놓아 서정적인 편안함을 느끼게 한다. 마루와 댓돌에 나란히 앉으니 단체 사진 찍기에 딱 알맞다. 사진을 찍고 나서 안쪽에 있는 문학관으로 들어갔다.

빼곡히 적어 놓은 낱말 카드와 식물도감이 매우 인상 깊다. 가나다순으로 또박또박 낱말을 표기하고 해석을 적어 손수 사전을 만들었다. 그림에도 일가견이 있었던 듯 식물들을 세밀하게 그려 설명을 붙였다. 어떤 것은 채색까지 하며 도감을 만들었다. 선생의 그 꼼꼼한 정성과 노력에 고개가 숙여진다.

선생은 권력을 가진 자들에 의해 핍박받는 농민들 편에서 글을 써왔기에 평탄한 삶을 기대하기는 어려웠을 것이다. 일제에 타협하지 않고 항거하며 살다 보니 수차례 옥살이도 겪어야 했다. "요즘 사람들이 문학을 아나…. 그저 취미로 하는 거지."라고 아쉬운 표정으로 말씀하시는 동영상에서는 뜨끔해진다. 요즘 사람들의 깊이 없는 행위가 어디 문학에만 해당하겠는가. 몇 년 전부터 줄곧 가졌던 '물질'에 대한 내 생각을 꼬집는 것 같다.

해녀가 많은 시골 마을에 살고 있어서 나도 언젠가는 물질을 하면서 살리라 벼르고 있던 차였다. 자맥질하며 바다에서 놀던 어린 시절을 떠올리면 바닷속 풍경이 그리워진다. 보물을 찾듯 숨어 있는 먹거리를 찾아 돌 틈이나 해초 사이를 살피다 보면 색상도 생김새도 신기한 동식물들을 만날 수 있다. 그 시절을 떠올리며 해녀들 틈에 끼여 물질 작업을 시도했다. 익숙해지면 해산물도 채취하고 자유롭게 바닷속을 누비는 즐거움도 얻을 참이었다.

놀이와 일은 확연히 다르다. 지치고 지겹고 지독한 두통도 동반한다. 그만 나오고 싶지만 동네 사람들이 흉볼 것을 의식하지 않을 수 없다. 고작 그 정도냐고 웃을 것 같아 견뎌내느라 혼쭐이 났다. '스킨스쿠버나 스노클링 같은 레저 활동을 하는 셈 치고 참아보자, 익숙해지면 즐거운 여가 생활이 될 것 아닌가.'라는 생각으로 달래니 작업 시간을 조금은 연장할 수 있었던 것 같다. 며칠 동안의 일이다.

그 일이 있고 난 뒤 어느 날 작은어머니와 해녀 생활에 관한 대화를 나누었다. 힘들어서 어떻게 하셨느냐는 물음에 "물질해야 학비며 생활비를 벌 수 있었다. 파도가 치고 기운이 다해도 한 번 더 숨비면서 아이들 공책, 또 한 번 더 숨비면서 이건 아이들 연필, 그러면서 물질했다." 하신다. 그러곤 억척스러웠던 지난날을 회상하는 듯 깊은 한숨을 뱉어낸다. 뜨끔했다. 같은 행위로 얻고자 하는 대가와 그 절절함의 깊이가 이렇게도 다른가. 내가 가졌던 생각이 얼마나 사치스러운 발상에서 나왔는가 하는 생각에 부끄러워 말문을 닫았다.

그때와 같은 생각은 지금도 마찬가지다. '요즘 사람들이 문학을 아나?'라며 그 깊이 없음을 꼬집는 선생의 말씀이 명치에 와 닿는다. 지금은 사전이든 식물도감이든 아주 쉽게 찾아볼 수 있다. 몇 년 전까지만 해도 책을 뒤적거리며 찾던 것이 이제는 스마트폰에다 단어만 입력하면 척척박사다. 언제 어디서든 그 단어에 대한 정보는 물론 비슷한 말과 반대되는 말까지도 쉽게 얻을 수 있다. 식물도감은 또 어떤가. 꽃 이름이 궁금하면 스마트폰을 들이대고 찍기만 해도 무슨 꽃인지 알려준다. 날이 갈수록 정보는 풍부해진다.

해녀 문화가 유네스코무형문화재로 등재되면서 해녀에 대한 관심은 더욱 커졌다. 이에 앞서 해녀학교가 생기고 물질을 배우려는 사람들이 점점 늘어간다. 가족의 생계를 책임져야 한다는 절절함으로 숨비소리 뱉어내던 해녀들의 정신과는 조금 다르다. 목숨을 걸고 파도와 씨름했던 강인함과 희생 같은 것은 지난날의 이야기가 되어가고 있다.

새로 제작한 잠수복이 몸에 맞는지 입어본다. 어렵사리 고무옷을 입으니 숨이 막힌다. 그래도 몇 년 전 처음 입었을 때보다는 훨씬 낫다. 직장 일도 해야 하고 공부할 것도 많아 시간상으로 빠듯하게 살다 보니 바다에 갈 날을 자꾸 놓치고 만다. 그렇지만 언젠가는 글을 쓰고 물질하기를 즐기며 살리라는 낭만적 꿈을 간직하고 지낸다.

어머니의 시대는 생계를 위해 목숨 걸고 자맥질해야 하는 때였다. 지금은 많이 달라졌다. 대신 나름의 즐거움과 성취감이 자리하고 있는 것도 나쁘진 않을 거란 생각이다. 언론의 자유가 보장되고 정보는 넘쳐난다. 일제에 억압당하는 시대도 아니고 굶주리는 농민들을 대변하여 글 쓴다고 조사를 당하는 시대도 지나갔다.

온 힘을 다해 삶을 윤기 나게 가꿔온 분들이 있어 오늘을 누리는 것임을 말해서 무엇하리. 가난하고 어두웠던 시대에 간절한 바람을 갖고 희생하며 지켜왔던 분들의 정신을 기리며 존경의 마음을 올린다.

태백산맥문학관을 찾아서

"문학은 인간의 인간다운 삶을 위하여 인간에게 기여해야 한다." 태백산맥 문학관 건물 외벽에 쓰인 글귀다. 비 내리는 날씨에도 불구하고 일행들은 건물을 배경으로 사진 찍기에 분주하다. 입장 전 치러야 하는 의식처럼 나도 팔을 쭈욱 뻗어 될 수 있는 대로 카메라를 멀리하고 나를 향해 셔터를 누른다.

₩안으로 들어서자 열 권의 ≪태백산맥≫모형이 내 키보다도 훨씬 큰 크기로 서서 맞이한다. 대하소설 ≪태백산맥≫의 웅장한 내용을 표현하는 듯하다. 취재하고 준비하는 데 4년, 집필하는 데 6년이란 세월이 흘렀다고 한다. 전시된 취재 수첩에는 세세한 내용이 적혀 있다. 산속 땅밑에 만들어 놓은 빨치산 조직의 은신 처라든지 마을의 지형도도 꼼꼼하게 그려 놓았다. 역시 훌륭한 작품은 설렁설렁 허투루 준비해서 쓰이는 게 아니다.

탑처럼 쌓아놓은 작가의 육필 원고 앞에 멈추었다. 무려 일만 육천오백여 매에 달하는 방대한 분량이다. 그 옆에서 손자와 함께 찍은 작가의 사진도 걸려 있다. 원고지 탑이 작가의 키보다도 훨씬 높으니 2m는 넘어 보인다. 아들 며느리를 비롯해 독자들의 필사본도 전시돼 있다. 한번 읽어 내려가는 것도 어려운데 그 많은 양의 소설을 한 자 한 자 필사해 낸 정성과 정신력에 감탄하지 않을 수 없다.

원고의 첫 장과 마지막 장은 관람객이 볼 수 있도록 복사해서 전시해 놓았다. "언제 떠올랐는지 모를 그믐달이 서편 하늘에 비스듬히 걸려 있었다." 원고의 첫 장에 쓰인 문구다. 처음엔 '하얀 달'이라고 했다가 그어버리고 그믐달로 고쳐 썼다. 단어 하나를 두고 고심하는 모습이 어렴풋이 그려진다. 그 모습에 친밀감이 느껴져 살포시 미소를 머금을 수 있었다. 경외심으로 가득 찼던 마음에 어딘지 익숙한 모습을 보는 것 같아 잠깐 숨통이 트이는 느낌이었다고 할까.

작품은 생각보다 많았고, 한번도 들어보지 못한 제목들도 꽤 되었다. 독서량이 부족한 내 탓도 있겠지만, 내가 태어난 해부터 이미 작품을 발표하기 시작했으니 그럴 만도 하다. 그렇더라도 이 많은 작품을 어찌 쓰셨을까. 하늘 같은 존경심이 들면서 경이롭기까지 하다. 수필 한 편 쓰기도 어려워서 고민에 고민을 거듭하다가 겨우 졸작 하나를 써내는 형편없음에 고개를 떨군다. 얼마나 노력하면 읽고 싶어지는 글을 써낼 수 있는 것일까. 뼈저리는 고난을 겪고 나야 가능한 일일까.

작가의 역경은 어린 시절부터 시작되었던 것으로 여겨진다. 부친께서 선암사 스님이던 시절, 토지분배를 감행하고 절에서 내쳐지는 일을 당하셨으니 편안한 삶을 살진 못하였을 것이다. 암울한 시대에 혼돈과 고통의 슬픈 역사를 헤집고 글로 써내는 작업을 하였으니 얼마나 시달렸을 것인가. 그 시절의 사건들을 전시한 자료들만 보아도 가히 짐작은 할 수 있겠다. 그런 고난의 시간을 감수해 낼 때 비로소 작품다운 작품이 완성되는 것이 아닐까. 그런 것들과 비교하면 나는 얼마나 안일한 삶을 살고 있는가. 그저 평화로운 일상을 바쁘다고 하면서 정작은 게으른 생활을 하고 있을 뿐이다.

문학관을 나와 바로 옆에 있는 현 부자네 집과 소화네 집을 둘러보았다. 비는 그칠 듯 그치지 않고 하염없이 내린다. 실존과 가상을 조합하며 선생님의 머릿속에 수도 없이 떠올렸을, 소설 속의 인물들이 머물고 드나들었던 마당이며 안채와 바깥채 대문 2층의 누각을 우산을 받쳐 들고 찬찬히 둘러본다. 마당 가운데 조그맣게 정원이 손질돼 있고, 곳곳에 나무들이 심겨져 정돈되어 있다. 마당보다 조금 높은 지반 위에 지어진 본채 옆쪽으로 동백나무 한 그루가 무성한 잎을 달고 서 있다. 겨울이 되면 가난한 농민들의 치열했던 삶의 빛깔처럼 붉게 피었다가 뚝뚝 떨어질 것이다.

소설 속 소화네 집은 마을과 동떨어져 있지만, 현 부자네 집 바로 옆에 자리하고 있었다. 날씨 때문인가. 무당의 딸 소화와 정하섭의 애틋한 사랑이 어디엔가 한으로 서려 있을 것만 같다. 장독대가 있는 뒷마당의 나지막한 담장 너머로 대나무 숲이 서럽게 무성하다. 하늘로 오를 듯 곧게 뻗은 대나무는 잎새마다 비를 머금고 소리 죽여 파르르 떨고 있다.

일행과 함께 어렴풋이 기억하는 소설 속 장면들을 이야기하며 카메라 셔터를 눌러댄다. 흐릿하게 기억하는 ≪태백산맥≫을 들추며 이야기 속으로 빠져 들어간다. 필사는 못 하더라도 열 권의 책을 쌓아 두고 다시 한 번 한 장 한 장 넘기며 느껴 보리라.

결혼기념일

남편에게서 부재중 전화가 걸려와 있다. "전화했었네?" 했더니 전화를 안 받아서 문자를 보냈다고 한다. 아직 나는 문자를 확인하기 전이었다. 저랑 결혼해 17년 동안 살아줘서 고맙다고 한다. 그러고 보니 오늘이 결혼기념일이다. 며칠 전에는 손꼽고 있었는데 그새 잊어버렸다. "축하해. 나랑 결혼할 수 있었던 거."라고 답변하고는 웃었다. 저녁에 밖에서 밥이나 먹기로 하고 전화를 끊는다.

무슨 기념일이 되거나 시간이 필요한 날에는 일이 바빠서 거의 함께할 수 없는 남편이다. 항상 열심히 일하는데 별로 넉넉지 못한 생활을 하는 형편이니 한편으로는 속상하기도 하다. 날이 저물어 돌아온 남편과 저녁을 먹기 위해 집을 나섰다. 다녀오시라며 인사하는 작은아들도 끼워서 함께 나섰다. 시내라면 근사한 곳으로 갈 생각도 하겠지만, 먼 곳으로는 내가 피곤하고 귀찮아서 가고 싶지 않았다. 농촌지역에서 갈 만한 데라고는 딱히 없다. 좀 분위기 있을 만한 곳이라야 한두 군데밖에 없는 경양식 집이 고작이다.

식당의 분위기나 음식의 질은 고급 레스토랑에 견줄 수 없지만, 칵테일 한잔을 곁들여 마시며 가족이 단란한 시간을 가질 수 있으니 그나마 행복한 일이다. 경제적으로 넉넉한 생활을 하고 있지는 못하지만, 가족 모두가 건강한 것이 축복이다. 열심히 생활하며 나를 잘 이해해 주는 남편이 있으니 이보다 더한 축복이 어디 있을까.

결혼한 지 벌써 17년이다. 세월은 유수 같다더니 참 덧없게도 흐른다는 생각이 든다. 결혼하고 큰아이 낳고서 미래에 대한 불안감으로 힘들었던 기억이 있다. 내가 이 가정을 잘 꾸려 갈 수 있을까. 이 아이를 잘 키울 수는 있을까. 남편하고는 잘 지낼 수 있을까. 모든 게 자신이 없었다. 어쩐지 불행해지고 말 것 같은 불안함, 그 막연한 근심이 무겁게 마음을 누르는 게 힘들었다. 조용히 사라져버릴 수 있다면 그 불안감의 고통에서 벗어날 수 있을 것 같다는 생각도 했다.

지나고서야 그게 산후 우울증이었다는 걸 알게 되었다. 그나마 심하지 않았으니 다행이다. 언제나 밝게 웃으며 위트 있는 유머로 안심시켜 주던 남편이 아니었다면 증세가 더 깊어졌을지도 모를 일이다.

"여보, 벌써 결혼 17주년이네, 축하하고 고마워, 그리고 알라뷰."

남편이 아침에 보내온 문자 메시지다. 나도 "알라뷰~." 하고 문자를 넣어주었다. 남편의 긍정적이고 밝은 성격을 좋아한다. 늘 부지런하고 성실하게 생활하는 남편의 됨됨이를 존경한다. 그리고 사랑한다. 가족 모두가 건강하게 근심 없이 살아갈 수 있길 기원한다.

무너진 절약 프로젝트

영화 관람표를 사기 위해 매표소 앞으로 다가서며 생각했다. '오늘은 할인을 받아 봐야지.' 그간은 복잡할 것 같다고 지레짐작하며 시도하지 않았던 일이다.

매표대에 표시된 할인 카드의 종류는 다양했고, 최근 지인의 청으로 두 가지 종류의 카드를 더 발급받은 상태였다. 소지하고 있는 카드 중 하나쯤은 할인 서비스를 받을 수 있을 것 같았다.

점원에게 할인받을 수 있는지 물었다. 하나는 아예 계산대에 표시도 없는 카드이고, 하나는 joy라는 서비스를 계약했어야 했고, 또 다른 하나는 전월 회사에서 정한 금액 이상의 사용 실적이 있어야 할인이 된다고 한다. 하필 그 카드는 며칠 전 신규로 발급받은 카드라 내게는 어느 것도 해당되는 게 없었다.

질문하는 동안, 몇천 원을 놓고 분주한 점원의 시간을 뺏는 것 같아 미안한 생각이 들었다. 그런데 옆 매표대에서도 비슷한 질문을 계속하며 안내를 받고 있었다. 점원은 심지어 책까지 펼쳐 들고 할인되는지 여부를 확인한다. 그 많은 종류의 할인서비스 카드를 머릿속에 습득해 놓기는 정말 쉽지 않을 것 같다. 많은 시간을 낭비하면서 할인해 주는 복잡한 서비스를 없애고, 점원들의 인건비를 줄이는 게 낫지 않을까 하는 생각이 들 정도다. 물론 무지한 나만의 생각일 테지만 말이다.

예전에 커피나 시리얼 포장지에 있는 OK캐시백 포인트를 오려 모았다가 필요한 물품을 구입하는 친구가 있었다. 포인트를 오려 두었다가 그녀에게 주었다. 그러다가 재미가 쏠쏠할 것 같다는 생각이 들었다. 어느 날은 나도 한번 해볼까 하고 몇 매를 모아 놓았다. 그다음 절차를 알아보다가 그만 포기하고 말았다. OK캐시백 카드를 먼저 만들어 놓고 바코드를 긁은 후, 정해진 용지에 붙여 보내야 된다는데 그 절차가 보통 복잡하고 어렵게 느껴지는 게 아니었다. 알뜰살뜰한 정성과 꼼꼼함이 없는 내게는 역시 무리였다.

전화나 인터넷, TV 시청 등의 사용 요금도 마찬가지다. 각 경쟁 회사가 제공하는 요금 제도와 할인 서비스도 다양하여 복잡해 보인다. 내게 맞는 서비스를 저울질하고 계산하여 얼마만큼 잘 선택하느냐에 따라 요금에 많은 차이가 난다지만 내게는 그것도 역부족이다.

예전에는 안 먹고 안 쓰는 게 절약의 전부였다. 조금 절약해 볼 심산으로 요금표를 들여다보고 계산하며 저울질하다 보면 머리가 복잡해지고 아파 온다. 폭발해버릴지도 모르겠다. 조금 손해를 보더라도 해 주는 대로만 할인받고 사는 게 스트레스를 덜며 사는 길이라는 생각이 든다.

야무지고 알뜰한 이들을 본받아야겠다던 야심찬 다짐이 풀썩 허물어지고 말았다. 그저 단순히 안 쓰는 게 절약이던 시절을 그리워할 따름이다.

불량주부 탈피

저녁에 고추장아찌를 담았다. 봄에 오일장에서 사다 심은 고추 모종이 잘 자라서 풍성한 열매를 제공해 준다. 내가 심어 놓은 고추나무에서 필요할 때마다 넉넉하게 따다가 쓰고, 몇 차례나 한 양푼씩 따다가 장아찌를 담을 정도로 수확이 풍성하여 뿌듯한 행복감을 누린다. 신통하다.

며칠 전에도 마당 텃밭에 열린 오이고추를 따다가 장아찌를 담았다. 고추 한 통, 양파와 무말랭이를 섞어서 한 통. 먹는 것도 습관이 되는 것일까. 아니면 맛이 정말 괜찮아서인지도 모르겠다. 알 수는 없으나 늘 식탁 위에 올려 먹는 밑반찬의 하나가 되었다.

오늘은 텃밭에도 아직 고추가 풍성하게 달려 있지만, 오일장에 간 김에 오이고추와 청양고추를 사 왔다. 청양고추는 남편의 기호에 맞춰 산 것이다. 지난번에 담은 것은 친한 지인께 한 통씩 나눠주고도 아직 남아 있지만, 다 먹을 때쯤 꺼내 먹을 수 있도록 익히기 위해 미리 담그려는 생각이다.

이 년쯤 전만 해도 전혀 할 줄 모르던 일이었다. 그때는 시어머니가 계셨기 때문에 장아찌나 김치 따위는 내가 할 것으로 생각하지 않았다. 지금은 어머니가 안 계시니 당연히 내가 해야 할 일이다. 물어가며 찾아가며 해내는 음식들이 제법 먹을 만한 요리가 되어 식탁 위에 오른다. 남편과 아들은 어느 집 음식보다도 맛있다며 음식점을 해도 되겠다고 과장되게 부추겨 준다. 내 손맛도 영 엉터리만은 아닌 것 같다.

칭찬은 고래도 춤추게 한다 했다. 몇 번 칭찬을 듣고 나니 정말 잘하는 것같이 느껴져서 음식을 만들면 종종 용기 있게 이웃과 나누어 먹기도 한다. 된장도 담가 먹으리라 생각하고 항아리를 사다 놓았다.

텃밭에다 필요한 채소를 심어 먹을 줄도 알고, 김치며 조림 또는 볶음요리도 아들이 엄지손가락을 세워 내밀어 주는 정도가 되었다. 어렵게만 느껴졌던 것들인데 해야 할 때가 되니 내가 해내고 있다. 이만하면 예전에 스스로 붙여 뒀던 불량주부라는 딱지를 떼어 버려도 괜찮을 성싶다.

오일장에서 사 온 청양고추와 오이고추를 씻어 꼭지를 따내고, 배를 갈라 확인한다. 어렸을 적에 고추 속에 들어 있던 불청객을 보고 기겁했던 기억이 있어서 그리해야 안심이 된다. 간도 잘 배고, 깨물었을 때 터져 국물이 튀는 일 없으니 좋다. 통에다 넣고 끓인 간장을 부어 담는다. 프로주부가 돼가는 기분이다.

글의 힘

강연을 듣기 위해 문학의 집으로 향하면서 궁금증부터 일었다. 외국인이 하는 강연을 듣는 것은 처음이기 때문이다. 외국인이 강연을 한다? 그렇다면 통역으로 이루어질까? 내가 그걸 받아들일 수나 있으려나?

아닌게 아니라 강의는 통역을 거쳐야만 했기에 쉽지는 않았다. 그렇게 들은 강의에서 몇 퍼센트의 내용을 내 머릿속에, 내 마음에 들여놓았는지는 모르겠다. 다만 내가 이해한 얼마의 내용만으로도 헛된 시간을 보내지는 않았다는 생각이다. 그만큼 유익한 강의였다.

비카스 스와루프의 강연은 통역을 거치면서 진행되었다. 한국말로 직접 듣는 강의도 놓쳐버리는 부분이 많아서 듣기 능력이 한심스러워질 때가 많은 나다. 통역한다고는 하지만 강사가 한 말을 통역이 전달해 주는 강의에 익숙지 못한 나는 자꾸만 강사의 말에 귀 기울이게 된다. 영어 실력도 안 되면서 무슨 얘기였을까 생각하다 보면 통역은 저만치 건너가고 있다. 강의 시간 내내 통역 쪽의 말을 귀에 담는 게 쉽지 않았다.

비카스 스와루프는 영화 〈슬럼 독 밀리네어〉의 원작 소설 〈Q&A〉를 쓴 작가이다. 그는 작가라기보다는 글을 쓰는 외교관이라 불리기를 좋아한다고 했다. 겸손이었을까? 특별한 계기가 있어서 글을 쓴 것은 아니라고 했던 것 같다. 인도라는 나라는 별난 곳인지 외교관이 유행처럼 글쓰기를 할 때 썼다고 한다.

그는 호기심과 자신감, 그리고 컴퓨터 리서치는 매우 중요하다고 한다. "자신이 경험한 것만 쓸 수 있다면 그것은 자서전이나 다름이 없을 것이다. 슬럼 독을 경험하지는 못했지만, Q&A를 쓸 수 있었던 것은 컴퓨터 리서치로써 가능하였다."라고 말한다.

무엇보다도 분명하게 내 머릿속에 입력된 하나는 '문학이 할 수 있는 가장 중요한 것'이다. 문학은 어떤 문제에 대해서 직접 해결해 줄 수는 없지만, 그 문제를 '해결해야 할 문제점'으로 제시할 수는 있다고 강조한다. 자기 목소리를 낼 수 없는 어려운 이들과 공감할 때, 소설은 그들을 위해 마치 내 이야기처럼 대신해 줄 수 있는 자유를 준다고 했다. 깊이 공감한다. 그게 칼보다도 무서운 펜의 힘이 아닌가.

화제가 되었던 영화 〈도가니〉의 원작, 공지영 작가의 소설이 딱 맞아떨어지는 사례다. 가난하고 무지한 피해자들은 권력과 부에 짓눌려 어떻게 할 방도가 없었다. 더 큰 봉변을 당하지 않으려면 그냥저냥 눈 감고 넘겨버릴 수밖에 없었다. 이들을 대변하여 세상에 알린 것이 문학이었다. 〈도가니〉는 찌들고 더께처럼 쌓여가는 부정부패를 드러내어 세상 사람의 이목을 집중시켰다. 그리하여 부정한 이들이 처벌 받았다. 그게 바로 글의 힘이다. 문학인으로서 할 수 있는 가장 큰 힘이다.

지금 나의 글쓰기 실력으로 할 수 있는 일은 아무것도 없다.

하지만 "열심히 노력하는 것을 대처하는 것은 아무것도 없다."라고 비카스 스와루프는 말하였다. 노력하다 보면 노력한 만큼의 힘을 낼 수 있는 날이 있지 않을까.

비카스 스와루프는 4천여 권의 책을 읽었다고 한다. 유일한 엔터테인먼트는 오직 책밖에 없었다며, 많은 책을 읽다 보니 어떤 게 좋은 책인지 아는 힘이 생겼다고 말한다. 많이 읽히는 글, 많은 사람이 저와 호흡할 수 있는 글을 쓰도록 노력하라는 말이 무겁게 날아와 박힌다.

"노력하는 자가 승리하리라." 동서고금을 막론하고 변하지 않는 말이고, 강연에서 통역을 거쳐 들어온 말이다. 노력하는 자가 승리하리라. 뇌리로 다가와 나른히 누웠던 의식을 흔든 말 중의 하나다. 늘 듣고 느끼던 '다독, 다작하라'는 말과 다를 것이 없다. 외교관 비카스 스와루프의 말이 얼마간 내게 자극이 되고 에너지가 되어 줄 것이다.

낭만을 꿈꾸며

우리 읍 지역 도서관에서 시 낭송 음악회가 열렸다. 첫 회에서 나는 시 낭송자로 참여했다. 시 낭송 음악회를 열어 농어촌 주민에게 잔잔하고 아름다운 시간을 갖도록 해 준 동녘 도서관 측이 고마웠다. 앞으로 더욱 많은 기회를 만들었으면 좋겠다고 생각했다.

올해 3회째로 이번에는 사회자로 '시가 익는 가을, 낭만으로

물들다'라는 부제를 달고 시 낭송 음악회를 진행하였다. 첫 회와 다름없이 아주 아담한 행사였다. 읍장님을 비롯하여 지역 학교 교장 선생님, 학생과 어머니가 참여하여 낭송하였다. 주민이 참여하고 해녀가 참여하여 시를 낭송하는 행사였다. 가을이 깊어가는 시기에 소박하지만 의미 있는 낭만의 시간이었다.

'낭만'이라는 말은 내가 좋아하는 낱말 중의 하나다. 살기도 빠듯한데 사치스럽게 웬 낭만이냐고 하는 분들도 있을 줄로 안다. 하지만 낭만이라는 것은 부유한 사람들만이 누릴 수 있는 사치스러움도 아니며 그리 멀리 있는 것도 아니다.

바쁜 일상 속에서 잠깐 고개 들어 하늘을 올려다보는 일, 허옇게 바래다가 삭아 가는 억새꽃을 감상하는 일도 좋다. 푸르던 잎을 다 떨군 나무들의 유유자적한 모습을 보며 감동에 젖는 일도 좋고, 음악을 틀어 놓고 차 한 잔을 마시며 여유의 시간을 갖는 것도 낭만이다. 빠듯한 현실에서 잠깐 이탈하여 꿈같은 미래를 상상하는 일, 그러면서 행복에 젖어보는 일도 마음을 윤택하게 해주는 낭만의 하나이다.

그날 행사장에서 뜻밖에 S씨를 만났다. S씨가 그런 문화 행사에 관심이 있으리라고는 전혀 생각지 못했다. 도서관과 주민자치센터에서 기타를 배웠고 복지센터에서 작은 음악회도 가졌다며 기회가 되면 색소폰을 배우고 싶다고 했다. 그제야 악기를 다루는 그의 멋진 모습이 그려지고 색소폰 역시 잘 어울릴 것 같다는 생각을 하였다.

시를 낭송하던 해녀의 모습도 그랬다. 해녀라고 하면 언뜻 떠오르는 모습이 있을 것이다. 물때를 기다렸다가 웬만한 파도는 아랑곳하지 않고 바다에 나가 물질을 하고, 그러지 않는 날은 들에 나가 밭일을 하는 억척스러운 모습이다. 그에게서도 시를 다 외우고 나와서 멋지게 낭송하려는 노력과 수줍은 여인의 낭만을 볼 수 있었다.

어쩌면 낭만과는 거리가 멀 것 같은 농어촌 지역에 살지만 원래 일만 알고 태어난 것은 아닐 것이다. 우리 지역 주민에게도 그런 문화생활이 일상이 되도록 기회를 만들어 줄 수 있는 때가 되지 않았을까 생각해 본다. 지역 도서관에서 주최하는 시 낭송 음악회, 규모는 작지만 의미가 큰 행사였다. 농어촌 지역 주민들에게 서정적 감상이나 낭만이라는 단어가 멀게 느껴지는 것은 그만큼 문화 혜택의 거리가 멀었기 때문일 것이다. 열람실에서 아담하게 시작했지만, 강당에서 더욱 질 높은 공연으로 많은 관객과 함께하는 날이 오리란 상상으로 낭만을 꿈꿔 본다.

잃어버린 공책

하얗게 만개한 벚나무 가로수 길을 달린다. 차들이 일으키는 바람을 타고 이리저리 나부끼는 아름답고도 슬픈 꽃잎들…. 인어공주의 비늘이 저렇게 사그라졌을까? 더는 필요치 않은 비단 같은 비늘이 인어공주의 비애를 안고 쓸쓸히 나부끼고 있는 것인지도 모르겠다.

내가 다니던 초등학교에도 벚나무 한 그루가 있었다. 2학년 교실 그 복도의 창문 앞에 벗나무가 있어 봄에는 꽃을 피우고 여름에는 그늘을 만들어 주었다. 거기에 2학년짜리 어린 나의 슬픈 기억도 함께 있다.

가끔 과거로 돌아간다면 언제로 돌아가고 싶은가에 대해 물을 때가 있다. 며칠 전에도 라디오에서 비슷한 이야기가 잠깐 흘러나왔다. 어떤 이가 답했다. "학창시절로 돌아가 더 나은 나를 만들기 위해 열심히 공부할 것 같다." 또 어떤 이는 말한다. "불확실한 미래를 상상하며 갈등하던 과거로 돌아가고 싶지 않다. 안정된 삶을 사는 지금이 좋다." 둘 다 공감이 간다. 하지만 나는 실속 없게도 초등학교 2학년 어린 시절로 돌아가면 어떨까 생각해 보기도 한다.

아무것도 모를 것 같은 초등학교 2학년 시절이었다. 여름 방학 동안 실컷 놀고 개학이 가까워질 때쯤 나는 못다 한 방학 숙제 때문에 걱정이었다. 그런 동생을 위해 언제나 부지런하고 성실했던 언니가 빈 공책을 채울 수 있도록 도와주었다. 개학날이 되자 가벼운 마음으로 학교에 갔고 숙제장을 내라는 담임선생님 말씀에 당당하게 교탁 위에 가져다 놓았다.

며칠 후였다. 선생님께서 한 사람씩 호명하며 검사한 공책을 돌려주시는데 내 이름은 부르지 않았다. 다음에는 숙제 안 한 아이들이 앞으로 불려 나갔고 나도 함께 나가게 되었다. 다른 아이들은 약간의 매를 맞고 제자리고 들여보냈지만, 숙제장도 없으면서 숙제했다고 답하는 나는 쉽게 제자리로 돌아갈 수가 없었다. 선생님은 내가 괘씸했던 모양이다. 감정이 매우 상하셨다.

지금도 그 장면은 사진처럼 생생하다. 매를 들고 책상 앞에 앉아 계셨던 여자 선생님과 그 옆에 울먹이며 서 있던 어린 나, 선생님은 책상 위에 있던 다른 공책들을 내밀며 직접 찾아보라신다. 그때는 두 가지 크기의 공책이 있었다. 내 공책은 큰 공책이었기에 선생님이 내미는 작은 공책들을 굳이 뒤져보지 않아도 거기에는 없다고 생각하며 훌쩍이고만 있었다. 이미 혼나고 매를 맞아 그저 훌쩍거리는 내게 찾아보지 않는다고 또 혼을 내신다. 어린 마음에 말은 못하고 작은 공책들을 뒤적이며 찾는 시늉이라도 할 수밖에 없었다. 그러자 작은 공책인지 큰 공책인지 물으신다. 큰 공책이라고 우물쭈물 답하는 내게 그럼 여기 작은 공책들 사이에 있을 리가 없지 않으냐며 내 손등을 탁탁탁 치신다. 아프기도 하고 부끄럽기도 하고 억울하기도 했다.

며칠 후 쉬는 시간이었다. 나는 교실 앞에 있던 벚나무 아래서 친구들과 공기놀이를 하고 있었다. 그때 내 짝지였던 남자아이가 다가와 "야, 너 숙제장 나한테 있다."라며 약올리듯이 말한다. 그러고도 그 아이는 한동안 애를 먹이고서야 문제의 그 숙제장을 돌려주었다. 편들어 주는 친구들이 없었다면 되돌려 받지 못했을지도 모르겠다.

내 숙제장이 왜 짝지에게 갔는지 살펴보았다. 앞표지에는 학교 반 번 이름이 활자와 함께 잘 적혀 있었다. 뒤표지를 보니 거기에도 또박또박 이름이 낙서되어 있었는데 짝지의 이름이었다. 앞쪽을 보지 않고 뒤쪽 낙서를 보고 선생님은 짝지에게 주었고, 숙제를 못 한 짝지는 선생님께 혼날 것이 두려워 사실을 말하지 않았다.

그 친구는 전학 온 아이였는데 어린 생각에도 착해 보이지는 않았다. 아니, 그런 일이 있었기 때문에 내 기억에 좋지 않은 아이로 각인되었을 것이다. 그러고는 3학년 때인가 다시 전학을 가버렸다. 아빠의 일 때문에 1년 정도 잠깐 왔다가 가버린 그 친구의 이름을 지금도 잊을 수가 없다. 어린 나에게 큰 아픔을 준 사건이었다. 그때의 일을 생각하면 어린 내가 가여워서 눈물이 날 것만 같다.

지금 같으면 뒤늦게라도 선생님께 말씀드리고 사실을 밝혔겠지만, 어린 나는 그렇게 야무지지 못했던 모양이다. 선생님은 나를 숙제도 안했으면서 했다고 끝까지 거짓말하고 고집 피우는 못된 아이로 기억하고 지냈을 것이다. 나는 지금도 '유년시절' 하면 억울하고 슬픈 그날의 일이 떠오른다. 누구에게도 털어놔 본 적이 없는, 그러나 문득문득 생각나는 아픈 기억이다.

생각만으로도 안타깝고 서글퍼지는 그날의 기억, 눈부시게 떨어지는 벚꽃과 함께 날려 버리면 좋은 추억들로 가득 채울 수 있을까. 어느 날 무성하게 그늘이 되어 주던 잎들 사이로 검붉게 익어가는 버찌가 먹음직스러워 보였다. 앵두의 달콤한 맛을 떠올리며 입맛을 다시다가 나무에 올랐다. 어렵게 열매를 따서 동생과 함께 나누어 먹는데 기대했던 맛이 아니다. 쓴맛이 강해 먹을 수가 없었다. 앵두와 비슷하게 생겼는데 맛은 영 달라서 실망했지만, 그런 일들은 아름다운 추억으로 기억된다.

다시 그 시절로 돌아간다면 어찌해야 할까? 어느 시점으로 돌아갈까? 공책의 뒷면에 친구 이름을 낙서했을 때부터 슬픈 그날의 내 운명은 이미 시작되었는지 모르겠다. 애초에 친구 이름을 낙서하지 말았어야 가장 좋았을 테지만, 앞에 불려 나갔을 때 선생님께서 돌려준 숙제장을 걷어 확인해 달라고 해도 좋았겠다. 그도 아니면 친구가 내게 사실을 얘기했을 때라도 선생님께 말씀 드렸다면 억울함을 씻었을 것이다. 그랬다면 그날의 일은 이미 내 기억에서 떠나고 없었을지도 모르겠다.

한편 선생님으로서의 마음가짐에 대해 생각해 보지 않을 수 없다. 요즘은 체벌에 대해 매우 민감하다. 사랑하고 아끼는 마음 으로 학생을 대한다면 체벌의 필요 여부는 굳이 논할 필요가 없 을 것이다. 선생님은 여느 직업과는 다르다. 어떤 선생님을 만나 는가에 따라 학생들의 앞날에 커다란 영향을 미칠 수도 있기 때 문이다. 설익은 버찌 맛이 아니라 앵두처럼 새콤달콤한 맛을 주 는 훌륭한 선생님의 사랑이 필요하다.

카르페 디엠

따뜻한 햇살이 대지 위에 내린다. 나무들은 아기 살결 같은 새순을 키우고 꽃들은 종류별로 순서를 기다려 아름답게 피어난다. 새들의 나들이는 아침부터 더욱 경쾌하고, 세상에도 여기저기서 새 출발을 알리는 소식이 분주하게 들려온다.

지인이 자녀가 결혼을 한다고 SNS에 초대장을 올렸다. 목련을

닮은 신부가 짧은 드레스를 입고 신랑과 함께 찍은 웨딩 사진이다. 신랑도 신부도 잘 닦아 놓은 햇사과처럼 싱그러워 보인다. 그들의 다정함이 꽃처럼 흐드러지게 쏟아져 내릴 것 같다. 마치 순정영화의 포스터 같다. 내게도 이렇게 예쁜 시절이 있었을까? 순간 봉숭아 꽃씨 같은 기억이 톡하고 터져 나온다.

결혼 전 직장 다닐 때의 일이다. 출근을 위해 버스 정류소로 걸어가고 있을 때, 이웃 동네 아주머니가 뉘 집 딸이냐고 물으신다. 아무개 딸이라고 답하자 "아이구 곱다아~." 하시며 예뻐 죽겠다는 표정이다. 처자가 몇 없는 시골 마을이었기에 비슷한 말은 가끔씩 들었다. 갸름한 얼굴형에 눈이 크다거나 코가 오똑한 것도 아닌데, 예쁘다는 아주머니의 말씀이 기분 좋긴 했지만, 그냥 해 주는 찬사인 줄로만 알았다.

세월이 흘러 중년이 되고 보니 소년 소녀들이 다 예쁘다. 꽃미남·꽃미녀가 아니어도 파릇파릇한 젊음 그 자체만으로 빛이 난다. 무엇에도 견줄 수 없이 싱그럽고 사랑스럽다. 그때 그 아주머니의 마음이 딱 나의 마음이지 않았을까 싶다. 그렇다고 지나간 시간을 붙잡고 그리워만 할 수는 없는 일이다.

박완서 선생은 산문집에서 노년의 생활이 편안하고 행복하다고 하며, 젊은 시절로 돌아가고 싶지 않다고 했다. 전쟁 통에 고난의 시대를 살아야 했던 쓰라림 때문이라 했던가, 안락해진 지금이 더 좋다고 풀어 놓으셨다. 겨울을 준비하는 나무처럼 툭툭 손놓아 잎 떨구며 당신의 노년을 응원하고 즐겼을 것이다.

몇 년 전 읽은 어느 기자의 산문 역시 비슷한 내용으로 기억속에 딸려 나온다. 그는 "야호, 오십이다."라고 환호성을 지르며 오십이 된 나이를 즐긴다고 했다. 미래에 대한 두려움으로 갈등이 많았던 청춘으로 돌아가고 싶은 생각은 없노라고 말이다. 현재를 긍정적으로 받아들이고 즐기려는 마음의 표현이었으리라.

언제나 배움에 대한 갈증을 느껴왔다. 어느 날은 박범신의 ≪은교≫를 읽으며 주인공 이적요 시인에게 매료되었던 적이 있다. 품은 지식은 호수와 같았고, 이름처럼 적요한 시인은 산처럼 우러러보였다. 나의 상상력이 그를 더욱 그렇게 만들었는지도 모르겠다. 시인은 젊음을 그리워하고 나는 그의 중후한 품격과 도저한 지식을 부러워했다. 갈증은 마침내 늦은 나이에 우물을 찾게 하였다.

공부한 내용이 생각날 듯 말 듯 맴돌기만 해서 답답할 때가 많다. 지식은 한꺼번에 쌓이는 게 아니라 물때처럼 끼는 것이라며 위안을 삼는다. 어딘가에 물때처럼 묻어 있으리라는 희망으로 배움을 즐긴다. 늦깎이에 시작한 공부가 시험기간이라 요즘은 더욱 바쁘다.

마당에 활짝 핀 꽃을 뒤늦게야 발견할 땐 왜 이리 바쁘게 사는가 하는 생각에 잠깐 회의감이 들기도 한다. 그러나 개화를 지켜보는 즐거움은 깃털처럼 가볍고, 지식의 우물을 파내는 일은 진득한 보람을 쌓아주기에 평생 책과의 씨름을 포기할 생각은 없다. 그렇다고 공부만 할 수는 없는 일, 소소하게나마 젊음을 즐겨야 하지 않겠는가.

남은 날 중에 가장 젊은 오늘을 위해 새빨간 니트 원피스를 샀다. 솔직히 내가 생각해도 원피스의 길이가 짧아 보인다. 애초에 짧은 길이를 원한 건 아니었다. 나잇살이 드러나지 않으면서 나름 멋이 나는 옷을 찾다보니 고르게 된 것이 새빨간 원피스다. 짧긴 하지만 검정색 두꺼운 스타킹을 신으니 무난해 보인다. 한두 해가 지나고 나면 엄두도 못 낼 일이 되고 말 것이란 생각에 용감하게 입고 다닌다.

외진 시골마을의 풋풋한 처녀 시절로 돌아가고 싶다 한들 타임슬립 드라마 같은 일이 생길 리는 만무하다. 누군가의 말처럼 남은 날 중에 가장 젊은 날은 바로 오늘이기에 지금이 어느 때보다도 소중하다. 공부를 시작한 것도 새빨간 원피스를 선택한 것도 소중한 현재를 즐기는 나름의 방법이다.

카르페 디엠(carpe diem)! 오늘을 잡아라!

긍정적 초월의 세계관

─좌여순의 수필세계

허상문(문학평론가, 영남대 교수)

"바다는 뿔뿔이/ 달어날랴고 했다." "흰 발톱에 찢긴/ 산호珊瑚
보다 붉고 슬픈 상채기"를 남기고, 바다는 "푸른 도마뱀 떼같이/
재재" 바르게 도망갔다. 정지용은 그의 시 〈바다〉에서 바다를 이
렇게 노래했다.

시인과 작가는 언제나 바다 저 멀리 새로운 미지의 세계를 꿈
꾸며 비상하거나 초월하여 어디론가 달아나고자 한다. 환멸과 억
압의 현실에서 벗어나 머나먼 곳으로 떠나가기를 원한다. 문학이
삶의 어두운 시간과 공간의 흔적을 밝힐 수 있는 것이기 때문에,
작가는 희망이 부재한 삶의 현실 속에서 바다를 바라보며 구원과
초월을 꿈꾼다.

좌여순의 첫 수필집 ≪바다의 딸≫을 읽으면, 그의 수필이 삶
의 현실을 치열하게 인식하는 방편으로서 일탈과 초월을 꿈꾸고
있다는 사실을 느끼게 된다. ≪바다의 딸≫이라는 이색적인 수필
집의 제목이 암시하듯이, 작가는 '바다의 딸'로서 끊임없이 바다

를 바라보고 바다의 삶을 사색한다. 하늘과 바다를 가르는 수평선, 일렁이는 물결과 불어오는 바람, 그 위를 자유롭게 비상하는 갈매기와 바닷새들을 바라보면서 작가의 상상력은 안으로는 내밀한 '영혼'으로 파고들고, 밖으로는 무한한 '우주'의 신비로운 영역 언저리까지 확장된다. 좌여순에게 있어서의 바다는, M. 엘리아데의 해석대로 "물에 들어가는 것은 형태 이전으로 되돌아감, 완전한 재생, 새로운 탄생을 상징한다." 그리하여 바다는 새롭게 태어나는 신생의 의미를 표현하고 있다.

좌여순은 그의 작품에서 깊은 사색을 통하여 인간의 내면과 세상에 대한 인식을 이루고자 한다. 이를 위하여 좌여순은 자신의 작품 전체를 관통하는 '관조觀照'라는 인식 방법을 채택한다. 작품에서 작가가 일차적으로 시선이 머물면서 바라보는 주제는 불가피한 존재로서의 자연이다. 작가가 '바다의 딸'로서 대면하고 관조해야 하는 숙명으로서의 사물들은 바다, 물, 바람, 대지 같은 원소들이다. 작가는 자신이 바라본 자연 현상들을 용해시켜 그것을 문학적 제재로 형상화한다. 이를테면 〈문주란〉에서 작가는 자신의 집 근처의 토끼섬과 거기에 피는 문주란의 모습을 이렇게 이야기한다.

문주란은 해녀들의 숨비소리를 들으며 순백의 꽃을 잉태하였다. 꿈틀거리는 해녀들의 애환까지 승화시키며 무성해진 잎과 뿌리에서 고귀하고 아름다운 꽃을 피워내고 있다. 파도를 타고 전해지는 꿈과 희망의 소리를 풍성한 꽃송이로 한없이 부풀리고 있는 것이다.

끈질긴 생명력과 포용의 조화, 바람소리, 파도소리, 숨비소리, 그들과 더불어 토끼섬에는 하얗게 하얗게 이국의 향기가 피어오르고 있다.

－〈문주란〉에서

위 작품에서 읽을 수 있듯이, 좌여순의 작품에서 자연의 모습과 그 현상을 이루는 구성 요소들은 이야기의 정적인 배경이 되기도 하지만, 그보다는 작품에서 역동적으로 움직이며 이야기를 끌어가는 주요한 주제가 된다. 작가에게 들리는 "바람소리, 파도소리, 숨비소리"는 곧 "끈질긴 생명력과 포용의 조화"를 보여주는 것이다. 따라서 그의 작품에서는 인간과 자연의 세계가 하나로 혼효하면서 역동적 주제를 형성하고 있다. 말하자면 그의 작품에서 나타나는 자연의 모습과 현상은 풍경으로부터 탈취해온 가공적인 것이 아니다. 그것은 단순한 자연적 이미지의 복합체가 아니라 작가의 무의식의 심연 속에서 침전해 있다가 의식의 표면으로 떠오른 것이다.

이렇게 좌여순의 작품에서는 풍요롭고 넉넉한 자연의 모습이 폭넓게 펼쳐지고 있다. 중요한 것은 그는 사물로써의 자연을 통하여 깊은 삶의 의미망을 확장시키는 솜씨를 보여주고 있다는 사실이다. 그의 작품에서 드러나는 자연물들은 낮익은 서정주의로 무기력하게 소멸되거나 무의미 속으로 소실되지 않는다. 그의 작품 속에서 나타나는 자연의 모습을 읽어가다 보면 자연 속에서 태어난 사람의 심성이 점차로 자아로 타자로 세상으로 확산되어 가는 느낌을 가지게 된다. 그는 흔히 자연을 빌려 인간과 세상을 이야기하고 있지만, 이를 통하여 자연과 인간의 단순한 대립이나 갈등을 보여주고자 하는 것이 아니라 오히려 자연의 경이로움과 아름다움을 극대화시켜 그것을 인간의 삶의 모습으로 새롭게 투사하고자 한다. 예컨대 〈팽나무〉에서 집 근처의 늙은 팽나무를 바라보며 작가는 자연의 신비로움과 생명의 외경을 읽어낸다.

그 다음해인 작년 여름, 그곳을 지나칠 때 무심코 보았더니 영락없이 죽어버린 줄 알았던 그 늙은 팽나무에 생기가 돋아 있었다. 사방으로 뻗은 굵직한 가지 중에 단 하나의 가지에서 새 잎들이 파릇하게 돋아나고 있었다. 아직 살아 있음을 외치기라도 하는 듯하다. 기적 같은 일이었다. 완전히 죽은 줄 알았던 나무가 어떻게 새 생명을 틔워 냈는지…. 끈질긴 생명력에 놀라지 않을 수가 없었다.

과연 팽나무에게 어떤 시련이 있었기에 눈을 꼬옥 감고 죽음의 문턱을 넘다 왔는지 모를 일이다. 이 신비롭고 경이로운 현상에서 생명의 숭고함을 재확인하였다.

－〈팽나무〉에서

다시 한번 좌여순의 작품에게 나타나는 서사적 상상력의 본질은 인간과 세계에 대한 원초적인 관계를 사유하고 인식하는 정서에서 비롯되는 것이다. 말하자면 작가와 인식 대상 사이에 얽힌 인간과 세상의 원초적 관계에 대한 해명이란, 하이데거와 같은 철학자의 어법을 빌리면 '존재의 은폐성'을 드러내는 작업이라고 할 수 있다.

작가는 삶의 진정한 가치와 의미를 찾기 위해 생명과 자연을 찬미해야 하며, 인생과 세상에 대한 근원적인 믿음과 사랑을 노래해야 하는 창조적 정신을 가진 자들이다. 오늘날 같은 과학기술시대에 갈수록 메마른 삶을 살아가는 우리들에게 문학의 기능과 역할은 그래서 위대하고 소중한 것이다. 좌여순은 자신이 채택하는 세상의 만물로부터 우리 시대에 생명과 사랑의 정신이 왜 필요한지를 일관되게 묻고 있다. 이런 인식은 연리지를 바라보는 작가의 시각에서도 잘 드러난다. "연리지가 된 두 그루의 비자나무는 꼭 주례 앞의 신랑 신부를 연상케 한다. 마치 두 사랑이 부부로 살아가는 법에 도통하여 달관의 경지에 이른 모습이다."

나무는 서로 얽혀 나의 일부가 그의 일부가 되고 그의 일부가 나의 일부가 된다. 그동안의 진통이 얼마나 컸을까. 서로를 자연스럽게 흡수하기 위해 얼마나 노력했을 것이며 동화되기 위해 얼마나 내려놓았을까. 풍파가 지나가고 이끼가 덮이고 콩짜개덩굴이니 담쟁이덩굴이니, 바람결에 날아와 뿌리내린 이름 모를 나무까지 받아들이고 겪어내는 동안 얼마나 힘들었을까. 흔들리는 마음 곧추세우고 다른 한쪽을 염려하여 상대 쪽으로는 가지를 뻗지 않는 마음, 고요하게 배려하는 마음이 서로를 지키며 살 수 있게 했을 것이다.

-〈연리지의 웨딩마치〉에서

인간관계, 특히 부부관계란 고가구를 다루듯 서로를 소중히 여기고 아끼는 마음이 되어야 한다고 작가는 생각한다. 그러면 성격이나 가치관의 차이 혹은 세상살이의 어려움들은 모두 함께 극복될 수 있을 것이다. 진정으로 뜨거운 사랑이란 지속적으로 이어지는 따뜻한 사랑이듯이, 격렬한 사랑보다는 잔잔하게 배려하며 서로 아끼고 때로는 인내하는 사랑이 더욱 소중한 것일 수 있다.

좌여순의 수필들은 주로 작가의 주관적인 정서를 통해 인간과 세상을 인식하는 담론 양식으로서의 문법에 충실하게 기초하고 있다. 그럼으로써 작가가 대면한 세상과 문학적 자아가 서로 통전되는 일체감 속에서 미적 인식이 흘러나오고, 그것이 세상과 작가의 거리를 아름답게 결합시킨다. 따라서 그의 수필에서는 현실적 삶과 인간의 모습에 대하여 작가의 구체적인 감정이나 의도를 드러내기보다는 내적 정서의 세계를 자연스럽게 흘러나오게 하고 있다. 그리하여 그의 작품에서 흔히 나타나는 생명과 사랑의 주제는 인간 삶에 있어서의 가장 본질적이고 원초적인 내용들이라는 사실을 우리에게 상기시키고, 더 나아가 이를 통하여 인간과 삶의 의미를 새롭게 인식시킨다. 이런 생명과 사랑을 위한 작가의 상상력과 정서는 오염되고 혼탁한 현대적 삶과 인간에게 밝고 맑은 생기와 활력을 제공하는 중요한 인식임에 분명하다.

척박한 땅에서 살아가야 하는 고달픈 여인들인 제주 해녀의 삶을 바라보는 시선에서 이런 작가의 인식은 더욱 잘 드러난다.

> 불쌍한 어머니가 어디 오늘의 망자뿐이랴. 제주의 여자로 태어나 해녀로 살아감이 가엾은 일이다. 평생을 척박한 땅에서 오로지 일만 하며 살다 간 해녀, 숨을 참으며 파도와 뒤엉켜 사는 억센 해녀가 바로 제주 어머니이다. 산꼭대기를 향해 바위를 굴려 올리는 시시포스처럼 오늘은 바다에서 파도와 싸우다가 내일은 자갈밭에서 흙바람과 씨름하기를 반복해야 하니 잠시도 쉴 틈이 없다. 비가 내려도 나가는 바다, 바람이 불어 삼킬 듯해도 여간하면 나가야만 하는 바다.
>
> ─〈여〉에서

섬에서 태어나 한평생 해녀로 살아가는 여인들을 바라보는 작가의 시선은 갸륵하다. 작가는 신화 속에서 천형으로 바위를 끌어 올려야 하는 시시포스같이, 일생 동안 "바다에서 파도와 싸우다가 내일은 자갈밭에서 흙바람과 씨름하기를 반복해야' 하는 해녀의 삶을 공감과 사랑의 눈으로 바라본다. 그러면서 그는 이들의 삶의 진실이 무엇일까라는 본질적인 의문을 제기한다. 여기서 작가는 바깥세상을 향한 세속적인 욕망의 표출보다는 오히려 내성적인 사색과 관조의 지혜를 얻고자 한다.

해녀로 산다는 건 뼈가 닳도록 움직여야 한다는 의미인가 보다. 오죽하면 여자로 나느니 소로 나는 게 낫다는 속담이 전해질까. 그러니 자신을 위해 시간을 내는 건 커다란 사치로 여겨지는 듯하다. 그렇게 희생함으로써 들풀 열매 같은 행복을 꿈꾼다. 수없이 파도가 밀려와 부딪히고 살이 깎여도 묵묵히 바다를 사랑하는 여를 닮은 제주의 어머니.

-〈여〉에서

해녀로 산다는 건 뼈가 닳도록 움직여야 한다는 의미를 지니지만, 그러면서도 그들은 자신을 "희생함으로써 들풀 열매 같은 행복을 꿈꾼다." 해녀들의 삶을 바라보면서 작가는 일상적 욕망을 비워냄으로써 자신에게 지워진 세상의 무게에서 벗어나고자 한다. 그가 꿈꾸는 것은 욕망을 소유하고자 하는 것이 아니라 오히려 거기서 벗어남으로써 삶의 가벼움을 얻고자 하며, 더 나아가 부정적인 세상을 긍정의 힘으로 끌어안음으로써 절망에서 희망을 일구어내고자 하는 것이다.

여기서 우리가 무엇보다 주목할 것은 작가의 세계인식이다. 좌여순의 세계인식은 언제나 긍정적이다. 부정을 긍정으로, 슬픔을 기쁨으로 환치하는데 그의 수필의 특성이 있다. 그것은 기본적으로 그에게 긍정의 미학, 사랑의 정신이 있기 때문에 가능하다. 시인이 이 세상 만물의 생명을 존중하고 그에 대한 사랑을 이야기하는 것은 이 세상에 대한 절망이 아니라 희망을 간직하고 있기 때문이다. 희망에 대한 작가의 감정은 때로 애절하기조차 한데, 이는 따뜻한 사랑의 감정으로 이 세상의 모든 것을 구원할 수 있다는 낙관적인 전망에서 우러나오는 것이다. 세상의 모든 어둠과 슬픔과 절망에 맞설 빛과 희망이라는 낙관적 전망이 있기 때문에 그의 수필은 서정적 깊이를 더하게 된다.

이 같은 서정성은 그의 수필에서 허다하게 드러나면서 좌여순 수필의 본질적 정서로 작동한다. 좌여순의 〈찔레꽃〉은 마치 한 편의 정밀화를 보는 듯한 섬세하고 정교한 작품이다. 이 수필은 다소 짧고 구성도 미흡한 듯하지만, 부드럽고 미세한 언어 사용을 통해 할 말은 하고 그릴 것은 촘촘히 그려내는 매력이 담겨 있다. 이 작품은 형태상 '찔레꽃'에 얽힌 과거와 현재라는 시간이 반복적으로 교차하며 이루어진다. 찔레꽃은 아름답고 찬란한 꽃이 아니다. 오히려 지나치게 거칠고 강인해서 사람들로부터 외면받는 슬픈 꽃이다. 마찬가지로 작가도 "찔레인지 장미인지 구별할 줄 몰랐던 아주 어렸을 적 추억"을 간직하면서 자라났다.

인간 존재가 그렇듯, '찔레꽃'에 빙의될 수 있는 화자 역시 연약하며 한시적인 존재다. 찔레꽃은 과즙도 없고 달콤하지도 않은 열매였지만, "하고픈 놀이도 마땅치 않고, 먹을거리도 없었을 때" 그것을 따먹어야 했다. 어린 시절의 아픈 기억과 함께 서글픈 찔레꽃은 언제나 작가의 눈앞에 떠오른다. 그리하여 "매월 5월이면 곱게 피어나 내 마음을 사로잡는 찔레꽃은 이제 나에게 더욱 의미 있는 기억으로 각인되었다."

찔레꽃 넝쿨로 울타리를 만들면 어떨까 생각해 본다. 소박한 찔레꽃이 울타리로 어우러져 담담하게 흔들린다. 저리도록 매혹적인 향기가 지나는 이의 마음을 건드려 멈추게 하는 하얀 풍경을 그려본다. 내년에도 나는 애달픈 찔레꽃을 만나기 위해 가까운 들녘으로 나서게 될 것이다.

－〈찔레꽃〉에서

　〈찔레꽃〉에서 '찔레꽃'은 일차적으로 작품의 상징적 의미기제로서 기여하고 있지만, 더 크게는 사물에 얽힌 축적된 시간의 보편적 성격을 보여주고 있다. 찔레꽃을 통한 오랜 시간의 기억은 작가의 내면 깊숙한 곳에 각인될 수 있었고, 그것이 부재하는 시점에 와서도 영향력을 미치게 된다. 작가들이 유년 시절이나 자연을 노래한다고 해서 그곳으로 달아날 수 있는 것은 아니다. 중요한 것은 자연과 사물의 모습을 작품으로 호출해 내는 방식의 문제이다. 작가에게 '찔레꽃'으로 표상되는 자연 공간은 존재하기도 하고 부재하기도 하는, 가변적이고 모순적인 것이다. 그럼에도 불구하고 작가는 기억 속에 존재하는 "소박한 찔레꽃이 울타리로 어우러져 담담하게 흔들거리는" 울타리를 만들기를 소망한다. 비록 찔레꽃에 얽힌 시간으로의 회귀는 불가능하지만 작가의 가슴 속에는 찔레꽃 울타리가 현재와 미래의 희망으로 존재한다.

　한 편의 훌륭한 수필에는 진정한 삶의 모습이 담겨 있어야 한다. 그러기 위해서 우리는 삶에 있어서와 마찬가지로 글을 쓸 때에도 의미 찾기의 깊은 성찰과 인식이 필요하다. 인생에서 내가 할 일은 오직 나 자신에게 달린 것과 같이, 내 삶을 어떻게 써내려 가야 할 것인가는 오직 작가 자신의 몫이다. 그것이 바로 작가의 삶이며 글쓰기의 시작이다.

따라서 좋은 수필이 되기 위한 일차적 조건은 작가가 눈앞에서 바라보는 작은 사물을 통해서도 인생과 인간을 어떻게 바라보며 어떻게 생각하는가에 달려있다. 작가가 사물과 사건을 어떻게 바라보느냐에 따라 세상과 인생에 대한 깊이가 부여되는 것이다. 작가의 텍스트와 작가의 삶이 부단한 대화를 이루지 못한 채 봉인되어 있을 때, 그의 수필은 이 세상과 진정한 소통을 이루지 못한 상태로 존재하는 것이다.

좌여순의 〈나이테〉는 나무의 '나이테'를 바라보면서 인간과 삶의 의미를 깊이 있게 읽어낸다. 나무는 해를 더하면서 나이테가 늘고 둥치가 굵어진다. 아름드리 노목을 단지 나무로 보지 않고 신령스럽게 여기는 것은 나이테가 쌓아온 위엄 때문이라 할 수 있다. 나무는 말이 없으므로 가볍지 않고, 어떤 일에도 요란하지 않으므로 최소한 나잇값을 못하는 일은 없다.

감정을 절제하지 못하고 가벼워지는 것, 그 가벼움이 나잇값을 못한다는 소리까지 듣게 한다. 나무는 해를 보내면서 나이테가 늘고 둥치가 굵어진다. 아름드리 노목을 단지 나무로 보지 않고 신령스럽게 생각하는 것은 나이테가 쌓아온 위엄 때문이리라. 나무는 말이 없으므로 가볍지가 않다. 어떤 일에도 요란하지 않으므로 최소한 나잇값을 못하는 일은 없다.

침묵으로 인고의 세월을 살아온 나무에게서 신령스러운 느낌을 받는 것은 당연하다. 그렇게 깨달으면서 인생의 연륜은 쌓여져 가는 건가 싶다. 살면서 겪는 크고 작은 일에서 배우고 진중하게 실천한다는 건 주름지는 골짜기마다 지혜로 채우는 일이다.

-〈나이테〉에서

침묵으로 인고의 세월을 살아온 나무들이지만, 그에게서 신령스러운 느낌을 받는 것도 이 때문이다. 그러나 우리 인간들은 인생의 연륜을 쌓아가면서도 감정을 절제하지 못하고 가벼워지고, 그 '존재의 가벼움'으로 인해 나잇값을 못한다는 소리까지 듣는다. 나무의 나이테를 통하여 존재의 의미와 삶의 깊이에 대한 성찰을 이루어내는 작가의 솜씨는 결코 예사롭지 않다. 그의 작품에서 작가의 목소리는 침묵의 기표 속에 응축되거나 난해한 은유 속에 은폐됨이 없이 무의식적으로 생명의 흐름으로 떠오르고 있다.

좌여순의 수필은 언제나 다정하고 따뜻하게 우리에게 다가온다. 그는 격렬하거나 고조된 언어 없이도 세상의 아픔과 고통을 봄날에 다시 피어나는 한 송이 꽃처럼 한 그루 나무처럼 우리에게 보여준다. 우리들에게 엄습해오는 어둠과 슬픔 속에서도 그는 놀라울 정도로 따뜻하고 명징한 영혼으로 생명과 자연에 대한 사랑과 희망을 꿈꾸며 노래한다. 이것은 바로 작가의 인간과 세상의 어둠과 슬픔을 초월하고자 하는 '긍정의 힘'에 의한 것이다.

좌여순의 수필에서는 세상과 삶에 대한 긍정과 희망이 가득하다. 그는 오늘도 제주 푸른 바다의 밀려오는 파도를 바라보며, 길가의 작은 꽃과 나무를 바라보며, 해맑은 영혼으로 생명과 사랑을 노래할 것이다. 그리하여 우리들에게 생명과 사랑의 마음을 일깨워 줄 것이다.

진정한 작가의 길은 험난하고 아득하다. 그는 "새로운 세상을 찾아 묵묵히 기어가는 작은 달팽이처럼, 내 안의 우주를 찾아 촉수를 뻗겠습니다." ('머리말')라고 다짐한다. 이런 소중한 마음을 간직하며 얼마나 훌륭한 작가로 거듭날 수 있느냐 하는 것은 전적으로 작가의 몫이다.

좌여순 수필집

바다의 딸

인쇄 2017년 10월 20일
발행 2017년 10월 26일

———

지은이 좌여순
발행인 서정환
펴낸곳 수필과비평사
주소 서울시 종로구 삼일대로 32길 36(익선동 30-6 운현신화타워 빌딩) 305호
전화 (02) 3675-3885, (063) 275-4000 · 0484
팩스 (063) 274-3131
이메일 sina321@hanmail.netessay321@hanmail.net
출판등록 제300-2013-133호
인쇄 · 제본 신아출판사

———

ISBN 979-11-5933-093-303810

값 13,000원

> 이 도서의 국립중앙도서관 출판예정도서목록(CIP)은 서지정보유통지원시스템 홈페이지
> (http://seoji.nl.go.kr)와 국가자료공동목록시스템(http://www.nl.go.kr/kolisnet)에서
> 이용하실 수 있습니다.(CIP제어번호: CIP2017017970)

Printed in KOREA

 한국문화예술위원회 **Ｊ에조** 제주특별자치도 **JFAC** 제주문화예술재단 의 지원금을 받아 제작하였습니다